公事師　卍屋甲太夫三代目

幡 大介

公事師　卍屋甲太夫三代目

目次

第一章

一

（雲行きが良くないな）

浪人、榊原主水《さかきばらもんど》は、破れ笠《がさ》に片手を伸ばしながら空を見上げた。

鼠色《ねずみ》の雲が逆巻いている。風は強く、雲の流れは早い。遠く北の空に目を向けると、赤城《あかぎ》の山も妙義《みょうぎ》山も、濃い雲の中に隠れていた。

上空から冷たい風が吹き下りてきて、野原一面の枯れ薄《すすき》がうねった。黄色い葉が擦《こす》れあって、乾ききった音を響かせていた。

（今の拙者の有り様、まったく、絵に描いたような困窮ぶりだな）

榊原主水は自嘲して、鬚《ひげ》の伸びた顎《あご》を撫《な》でた。

一面の荒涼とした景色の中、黙然とその場に座している。古びて破れた菅笠《すげがさ》を被《かぶ》り、着ている物は袖のほつれた小袖と、羊羹色《ようかん》に煤《すす》けた袴《はかま》だけ。どちらも垢《あか》染みて、生地もずいぶんと傷んでいる。火熨斗《ひのし》などは当てていないから、袴の折り目もはっきりしない。

剣術稽古で鍛えた身体《からだ》ではあったが、さすがに初冬の風は堪える。榊原もいつしか四十の半ばを超していた。

こうやって枯れ薄の中に身を潜めて半時（約一時間）にもなる。聞こえてくるのは風の音と、

「うひひひっ」

時折響く耳障りな奇声だけだ。

榊原主水は冷やかな一瞥《いちべつ》を投げた。三間（約五・四メートル）ほど離れた草むらの中に一人の男がしゃがみ込んでいた。

その男の何もかもが癇《かん》に障って仕方がない。

まだ新品の饅頭笠《まんじゅうがさ》を被り、肩には蠟《ろう》引きの道中合羽《かっぱ》を羽織っている。仕立ての良い藍《あい》の小袖は尻端折《しりはしょ》りして、足にはパッチ（股引《ももひ》き）を穿《は》いていた。手甲《てっこう》、脚絆《きゃはん》に草鞋《わらじ》履き。腰には長脇差まで帯びている。

裕福な庄屋の若旦那が旅をしようという姿に見える。笠の下に覗《のぞ》いた顔は二十代の半ばほどであろうか。髭《ひげ》も薄く、肌も白く、目鼻だちのツルリとした顔つきで、榊原主水は（まるで、ゆで玉子を剝《む》いたような顔だ……）などと感じていた。

その若い男がまたしても、ケタケタと甲高《かんだか》い声で笑った。

もちろん、何もないのに笑っているわけではない。手元に黄表紙を広げている。滑稽《こっけい》な話や艶笑譚《えんしょうたん》などが書きつらねられた読本だ。

黄表紙は歴《れっき》とした武士の嗜《たしな》む本ではない。女子供が暇つぶしに読むような本だとされていた。武士の目から見れば、黄表紙に喜んでいるというだけで不快の対象だ。

しかも男は本を片手にしながら、もう一方の手で何かを摘まんで口に運んでいた。炒《い》った豆であろうか、巾着の口の中に指を突っ込んでは摘まみ取り、口に放り込んでカリカリと咀嚼《そしゃく》する。

男は熱心に丁（ページ）を捲《めく》りながら満面の笑みを浮かべた。上機嫌に笑っていられるのは、腹が満たされているからに違いない——と、空《す》きっ腹を抱えた榊原主水はますます口惜しく思った。

（いったい、この男は何者なのであろう）

今回の悪事を差配する元締が連れてきた。どうせろくでもない小悪党に違いない。瘦身《そうしん》で手足も細く、腕力のあるほうには見えないから、おそらく騙《かた》り（詐欺師）に類する者なのに違いない。

榊原の視線を感じたのか、男がふいに顔を上げた。榊原と目が合う。

男は、なにやら気を回した顔つきで、手にした黄表紙を差し出してきた。

「お読みになります？」

「いらぬ」

榊原は険しい声音で答えて、視線も逸《そ》らした。

黙然と端座しながら榊原は、もしかしたら自分は、物欲しそうな顔をしていたのではなかろうか――と思った。男が差し出してきたのが炒り豆の袋であったなら、あるいは手のひらを差し出していたかも知れなかった。

男は黄表紙に戻って、またも甲高い声で笑った。榊原の苛立《いらだ》ちはいよいよ頂点に達した。

（いったいなんなのだ、この男は！）

これから荒事をこなさねばならない。裏稼業での斬《き》り合いになる。だから自分が呼ばれたのだ。榊原は剣の腕を買われた男であった。戦いに備えて闘志を昂《たかぶ》らせているというのに、その気を削《そ》ぐような軽薄な笑い声を延々と聞かされる。まったくもってやりきれない。

その時であった。枯れ薄をかき分けながら強面《こわもて》の男たちが数名、走り寄ってきた。先頭に立つ男は見知っている。江戸の駒込《こまごめ》は目赤《めあか》不動尊の門前町に縄張りを構えた博徒、人呼んで不動前ノ鬼蔵《おにぞう》の手下、友次郎《ともじろう》だ。

「榊原の旦那、間もなくヤツらがここにやってめぇりやす！　ご用意はよろしいですかえ」

榊原は顎を引きながら「うむ」と低い声で答えた。かたわらに横たえてあった愛刀を摑《つか》んで立ちあがった。

友次郎の背後に控えた男たちにも目を向ける。揃《そろ》って顔つきが尋常ではない。凄味《すごみ》を利かせた目つきを獣《けだもの》のように光らせて、総身から殺気を放っていた。裏街道で鳴らした凶徒たちに違いなかった。

「これだけの人数を揃えたところを見ると、今度の相手、並々ならぬ強敵のようだな」

榊原はやや緊張しながら友次郎に声を掛けた。友次郎も緊迫しきった表情を引きつらせて答えた。

「へい。相手は卍屋《まんじや》の主《あるじ》、甲太夫《こうだゆう》と、その手下どもなんで」

「卍屋……」

どこかで耳にしたことがある。

「江戸の公事宿《くじやど》か」

友次郎は「へい」と答えて、血の気の引いた顔つきで頷《うなず》いた。

「その卍屋なんで」

「ふむ。江戸などには足すら向けたことのないこの俺が知っておるぐらいだ。卍屋甲太夫なる男、よほどの大物であるようだな」

「へい。左様で」

「公事宿と事を構えておるということは、今度の仕事、頼みの筋は別の公事宿か」

「おっと」

友次郎は片手を差し出して制した。

「頼み元の素性を詮索するような真似《まね》は、この道の仁義に背きまさぁ。よしておくんなせぇ」

そう言って話を遮《さえぎ》った。だが「それは違う」とは言わなかった。榊原は己の勘が正鵠《せいこく》を射ていたことを理解した。

（俺を雇ったのは、公事の相手か……）

公事とは訴訟のことである。

（関八州《かんはっしゅう》は徳川の御領地だ。公事を裁くのは公儀の奉行――いや、それは俺には関わりのない話）

なんにせよ、依頼された仕事を果たすだけだ。それで一両の手間賃が入る。一両あれば街道筋の安宿を泊まり歩くことができる。この冬を乗り切ることができるはずだ。

逆に言えば、この仕事で稼ぐことができなければ、雪の降る中で野宿をせねばならなくなる。空きっ腹を抱えつつ震えて夜を過ごさねばならないのだ。榊原はもう若くはない。冬の野宿は命に関わる大事であった。

榊原は腰帯に刀を差し直した。

それからチラリと、例の男に目を向けた。男の耳にも友次郎との会話は届いていたはずだが、なんの関心も示さず座り込んだまま、無心に黄表紙を読み耽《ふけ》っている。

話は今が佳境であるのか、満面に気色の悪い笑みを浮かべていた。

「やいッ、手前《てめ》ェもだ。立ちやがれ！」

男の態度は友次郎にとっても不快であったらしい。男に駆け寄ると、手にした黄表紙を乱暴に叩《たた》き落とした。

「これから出入りだってのに、黄表紙なんか読んで笑っていやがるヤツがどこにいる！」

男は「おや？」という顔つきで友次郎を見上げた。

「あたしも喧嘩《けんか》に加わるのですかえ」

緊迫しきった男たちを前にしても物怖《ものお》じせず、気の抜けた声を上げた。

友次郎はますます苛立った様子で答えた。

「当たり前《め》ェだ！　相手は卍屋甲太夫だぞ！　一人でも多くの手勢がいるんだ」

「だからって、あたしみたいな細腕じゃあ、到底お役に立てやしないでしょうに。あたしは、村の庄屋の倅《せがれ》に化けるって話で、騙りの仕事を引き受けたんですぜ？腕っぷしの立つ男衆と喧嘩をするために、ここに来たんじゃござんせん」

「その策が御破算になったから、次の手を打たなくちゃならなくなったんだ」

男は、「ほう?」と顔を上げた。

「つまるところ、偽者の証人を立てたぐらいでは相手方に太刀打ちできなくなったということですかね?　ははぁん、相手方が本物の証人を見つけ出してきなすったってわけだね」

「小悪党風情がつまらねぇ詮索をするんじゃねぇ!　さっさと立ちやがれ!　時がねぇんだ!」

男は「やれやれ」という顔をして、億劫《おっくう》そうに立ち上がり、友次郎に叩き落とされた黄表紙を拾い上げると懐に入れた。

友次郎は男の腰に差さった長脇差を一瞥した。

「手前ェも裏街道の渡りモンだ。長脇差の使い方ぐれぇは心得ていやがるんだろう。腕に自信がねえって言うのなら、卍屋の男衆を引きつけるだけでもいい。しっかり働きやがれ」

男は何も答えず、首を縦にも横にも振らず、ただ、薄ら笑いを浮かべた。

「よしっ、それじゃあそろそろ行くぜ。榊原の旦那、頼みましたぜ!」

友次郎は肩を怒らせながら枯れ薄の中を進んでいく。手下の男たちが後に続いた。榊原は一行の後ろにつき、さらにその後ろに例の男が従った。

二

風が強くなってきた。北の山々から雨雲が、山の斜面に沿って駆け下りてきた。

「一雨来るな。好都合だ」

枯れ薄の中に身をひそめながら、友次郎が呟《つぶや》いた。

上野国《こうずけのくに》の広大な平野の中を、一本の街道が伸びている。中山道《なかせんどう》の脇街道だ。道の先は暗い雨雲の下にあって、灰色に霞《かす》んでよく見えなかった。

友次郎は背後を振り返り、同じように身をひそめた手下たちに向って叫んだ。

「雨の中じゃあ物も定かに見極められねぇ。足元だって覚束ねぇ。卍屋の野郎どもは江戸育ち。荒天の野ッ原にゃあ慣れちゃあいるめぇ！　喜べ手前ェたち！　どうやら天は、こっちに味方をしているようだぜ！」

手下たちは「おうッ」と胴間声を張り上げて意気軒昂《けんこう》なところを見せた。敵の出現を目前にして、いよいよ勇みかえっている。臆した表情を浮かべる者などただの一人も見当たらなかった。

榊原は被っていた笠を脱ぎ、代りに汗留めの鉢巻きを締めた。

鉢巻きは汗ばかりではなく、頭に降る雨の滴《したた》りも防いでくれる。笠を被っていれば雨そのものを避けることができるのだが、笠は刀を振る時の邪魔になる。

草鞋の緒をきつく締め直し、固結びにして余った部分は小刀で切りおとした。背後に目を向けると、あの男がうすら寒そうに道中合羽の衿《えり》を掻《か》き合わせていた。

男は長脇差の柄袋《つかぶくろ》すら外していなかった。

（まったく頼りになりそうにないな）と、榊原は思った。

柄袋は、刀の柄から雨水が鞘《さや》の中に入ることを防ぐために被せる袋なのだが、当然のことながら抜刀の際の邪魔になる。これから斬り合いになろうかというのに柄袋を被せているのは異常だ。まるっきりやる気がないと見て取るしかない。

しかし榊原は腹を立てもしなかった。頼りとなるのは己の剣の腕のみだ。そう割り切って生きてきた。だからこそ、誰に足を引っ張られることもなく、今日まで生き延びることができたのだ。

榊原は男の存在そのものを、頭から追い払った。こんな男は、そもそもここにいないものと考えて行動しなければならなかった。

雨がポツポツと降り始めた。榊原の額や肩で雨粒が弾《はじ》ける。榊原はいったん脱ぎ捨てた笠を拾って、片手で頭上にかざした。周囲の草むらも雨に打たれ、ザザザザ、と、潮騒《しおさい》に似た音を響かせていた。

まだ日暮れ前だというのに空が暗い。季節外れの雷鳴がどこか遠くで轟《とどろ》いた。

それでも友次郎一行は草むらの中で微動だにせず、ひたすらに道の先だけを凝視している。

武者震いを繰り返しながらどれほど待ったことであろう。ついに薄闇の彼方に十数名ほどの集団が出現した。

「来やがったぞ！」

友次郎が声をひそめて叫んだ。

手下たちは長脇差の柄の水気を手拭いで払い、その柄をきつく握りしめた。

草むらの中に恐ろしい敵が待ち構えているとは気づかぬ様子で、旅の一行は真っ直《す》ぐこちらに歩んでくる。榊原は目を凝らした。四十の半ばを過ぎたが、武芸で鍛えた眼力はいまだ衰えてはいない。

旅の一行は蠟引きの道中合羽を着込んでいた。布地に蠟を染みこませて撥水《はっすい》させる雨具なのだが、それでもある程度は水を吸ってしまい、重さを増した布地が両肩に重くのしかかっているはずだ。衿もきつく搔き合わせている。長脇差を帯びていたとしても、咄嗟《とっさ》には抜刀できないと思われた。

(この勝負、寸刻の間でつけねばならぬ)

奇襲を利して一気に攻め潰す。合羽を脱ぎ捨てたり抜刀する暇を敵に与えてはならない。

榊原はさらに目を凝らして人数を確かめ、一人一人の体格や、足の運びを確かめた。見たところ、武芸で鍛えたと思える者は見当たらなかった。

(名にし負う公事宿の者どもも、所詮は町人か)

一瞬、相手を軽んずる心地となったが、しかしである。それは友次郎一派も同様なのだ。この戦い、どう転がるかまったく予断を許さない。

旅の一行はますます近づいてきた。蠟引きの合羽の胸元に『卍』の白い染抜きが見えた。友次郎もその屋号を認めたのであろう。

「間違いねぇ！　卍屋の一行だ！」

低い声音で叫んだ。

榊原は卍屋の一行を、一人一人、確かめた。

（頭目の甲太夫はどこにおる）

乱戦となれば、甲太夫が声を嗄《か》らして下知《げち》するはずだ。卍屋の者たちは甲太夫の指揮で動く。逆に言えば最初に甲太夫を仕留めてしまえば、卍屋の者たちは統率を失って、烏合《うごう》の衆と化すはずだ。

できることならば甲太夫を真っ先に仕留めたい。

（しかし、わからぬ……）

一行の隊列のどこに甲太夫がいるのか、その歩きぶりからは察することができなかった。

冷たい雨がますます激しく降り注いでくる。霙《みぞれ》まじりの雨滴が笠を打った。榊原は手にしていた笠を捨て、代りに刀の柄を握った。

卍屋の一行は街道をさらに歩んできた。友次郎が敷いた布陣の中に、今まさに、踏み込もうとしていた。

「野郎どもッ、やっちめぇッ！」

ふいに友次郎の怒声が飛んだ。途端に弾けるようにして、草むらの中から手下たちが群がり立った。街道に向って、一斉に走り出したのだ。

「うおおお――っ！」

手下どもの雄叫《おたけ》びが雨雲の下で轟く。次々と抜刀される長脇差が鈍い鋼色の光を放った。雨に濡《ぬ》れそぼった薄の枯れ葉をかき分け、足元の泥水を跳ね散らしながら、手下たちは街道に降り立った。

卍屋の一行は目に見えて動揺した。

「凶賊じゃあ！」

先頭に立つ男が叫んだ。なんと、早くも逃げ腰になっている。

怖《お》じ気《け》づいているのは先頭の男ばかりではない。隊列を組んでいた者たちが全員、蹈鞴《たたら》を踏んで後退し始めた。

榊原は左手で刀の鞘を押さえながら走り、土手の草むらを飛び越して街道に降りた。

榊原が突進してくるのを見て、卍屋の者が「ヒイッ」と悲鳴を張り上げた。そのまま身を翻して遁走《とんそう》にかかる。尻餅をつかなかったのがまだしも、と思えるような怖じ気づきぶりであった。

（奇怪《あや》しい！）と、榊原は一瞬、思った。江戸にその名を轟かせた公事宿の男衆がこれほどまでに弱体だとは信じられない。

卍屋の一行は、すでに行列の態《てい》を成していない。友次郎の手下たちに押しまくられ、長脇差で応戦しようともせず、我先に逃走を始めた。

「こらッ、待ちやがれッ」

友次郎の手下たちにとってもいささか予想外の展開ではある。ひたすら逃げる卍屋の者たちを追って長脇差を振りかざした。

卍屋の隊列が乱れたことで、それを取り囲んでいた手下たちの陣形も乱れた。友次郎は急いで叫んだ。

「卍屋のモンに構うこたぁねぇ！　狙うのは浪人者ただ一人だ！」

榊原は話を飲みこんだ。どうやら卍屋の者たちは、一人の浪人者を江戸に連れて行こうとしていたようだ。

（それが公事の証人ということか）

卍屋と訴訟で争う者にとっては、その証人がなによりも邪魔なのに違いない。

その浪人を斬るために自分は雇われたのだ。榊原は刀の鞘に反《そ》りを打たせて走り、獲物となるべき浪人者の姿を探し求めた。

（どこにおる！）

二本の刀を差している男。おそらくは袴を穿いているはずだ。

榊原は卍屋の列に突進した。卍屋の者たちはますます脅えて逃げまどう。濡れて重くなった合羽が邪魔になったのか、衿の紐《ひも》を解《ほど》いて脱ぎ捨てる者も出始めた。

そして榊原は「ムッ……？」と唸《うな》った。

卍屋の者たちは、脱ぎ捨てた合羽の下に、野良着《のらぎ》とおぼしき粗末な衣を着けていたのだ。頭上の笠を落とす者もいたが、笠の下の素顔は、月代《さかやき》さえも満足に剃《そ》らない、貧しげな面相であった。

「まさか、百姓？」

卍屋の屋号が入ったお仕着せの合羽を脱ぎ、野良着姿の農民たちが走り去っていく。卍屋が連れているはずの浪人者も見当たらない。友次郎も異変に気づいて顔色を一変させた。

「まっ、まさか！　畜生めッ、たばかられたかッ……」

榊原は友次郎に詰め寄った。

「どういうことだ。わけを言え！」

友次郎が目を剝いて怒鳴り返してきた。

「わけなんか、わかるもんかい！　卍屋の行列が、笠と合羽だけを残して、中身は百姓に入れ代わっちまったんだよ！」

「本物の卍屋の者たちは、いったいどこへ行ったのだ！」

「皆目わからねぇ！」

榊原は嫌な予感に襲われた。敵の姿は消え去り、自分たちだけが街道の真ん中に姿をさらしている。

「いかん！」

武芸者の、あるいは兵法家としての直感が、危険を鋭く察知した。

「草むらの中に戻れ！」

頭目である友次郎の頭越しに、友次郎の手下どもに向って叫んだ、ちょうどその時であった。

ヒュン、と鋭い風切り音が響いた。「ギャッ」と叫んで、手下の中の一人が、身を仰《の》け反らせた。

「どうしたッ」

友次郎が叫ぶ。榊原も振り返った。

その男の背には短い矢が立っていた。男は身を仰け反らせたまま痙攣《けいれん》していたが、やがて、崩れるように倒れ伏した。

「短弓だ！」

榊原は周囲に目を向けた。しかし、弓の射手はどこに身をひそめているのか、暗い雨の中ではよく見えない。

北方に広がる草むらの中から続けざまに弓弦の鳴る音が響いてきた。そして氷雨をついて、矢が何本も飛来した。

榊原は咄嗟に刀を抜き、自分に向って放たれた矢を打ち払った。しかし、そのような武芸を持たぬ手下たちは、我が身に矢を受けて悲鳴をあげた。

「草むらに逃げ込むのだ！」

北の草むらから射掛けられたのなら、南の草むらに逃げ込むしかない。

「急げ、友次郎！」

傍らの友次郎を急《せ》かすが、その友次郎が急に腰をかがめた。

「……くそっ、やられた！」

苦悶《くもん》の表情を浮かべている。右足の太腿《ふともも》に一本の矢が刺さっていた。

榊原は舌打ちした。友次郎の腕を取って立ち上がらせた。

「しっかりしろ！　貴様に死なれたのではこのわしが、仕事料を受け取れなくなるではないか」

足すらまともに動かせない友次郎を引きずるようにして、土手を這《は》い上がり、草むらの中に押し込んだ。

その間にも手下たちが矢の餌食《えじき》となっている。草むらに逃げ込もうとした寸前に矢を受けて倒れる者もいた。

もはや友次郎の手下を救うどころではない。いまの榊原は友次郎を助けるだけで手一杯だ。友次郎の腕を肩に担いで走り出した。

榊原の周囲で草むらが葉擦れの音を高鳴らせている。激しく喘《あえ》ぐ呼吸音も聞こえてきた。短弓の襲撃から辛くも逃れた手下たちが、身一つで草むらの中を逃がれていくのだ。

榊原も必死で友次郎をかばい、走り続けた。友次郎も無事なほうの足で地面を蹴り、少しでも前に進もうとしていた。

「畜生、卍屋甲太夫め……。畜生畜生、絶対《ぜつてえ》に許さねぇ」

血の気の引いた顔に冷汗を滴らせ、目ばかりを赤く血走らせながら悪態をつく。悪態でもついていなければ気を失ってしまいそうな顔色だ。この弱りぶりから察するに、鏃《やじり》が脚の骨を貫通しているのかも知れない、榊原はそう思った。

その時である。枯れ薄をかき分けて進む榊原たちの目の前に突然、黒い影が群がって立ちふさがった。

「卍屋の野郎どもだ！」

友次郎が叫んだ。紺色の覆面で面相を隠した男たちが五、六人、こちらに気づいて迫ってきたのだ。手に手に白木の六尺棒を握っている。先ほどの百姓たちとは違い、実に油断のならない物腰であった。

「畜生！　挟み打ちだぜ！」

草むらの中で別の誰かが叫ぶ。友次郎の手下の一人であろう。

榊原も内心、臍《ほぞ》を噬《か》んだ。

（矢で追い立てて、草むらの中に追い込み、そこで待ち伏せておったのか！）

公事宿とは宿屋であり、そこで働く者たちは、主人も使用人たちも町人であるはずだ。それなのに、戦い方が堂に入っている。

（これが、江戸の公事宿か……！）

さすがは関八州にまで噂《うわさ》の広がる卍屋甲太夫――ということか。

覆面の者どもは声も上げずに迫ってきた。草むらの中の手下が、

「うわあああっ！」

自暴自棄になったのか、長脇差を振りかざして立ち上がり、突進した。

覆面の者どもは抜き身の刃を見ても、なんの脅威も感じない様子で六尺棒を構えた。三人が横に広がる。友次郎の手下を迎え撃つ陣形を瞬くうちに整えた。

手下は構わずに突っ込んだ。

「死ねっ！」

長脇差で斬りかかる。しかし卍屋の者たちはまったく動じる気配もない。真ん中の一人が六尺棒で長脇差を受け止め、同時に二人が左右から長脇差で打ち据えた。

「ぎゃっ！」

肩と脇腹を強打され、友次郎の手下はその場に倒れ込んだ。さらに六尺棒の攻撃が続く。叩くのではなく、先端部分で相手の急所を突き回した。

（これは敵《かな》わぬ！）

榊原は即座に察した。卍屋の男衆は喧嘩に慣れている。流れるようなそつのない動きで連携し、相手を瞬時に制圧するのだ。無慈悲にも急所ばかりを攻撃して戦闘能力を完全に奪い取る。

無論、榊原とて裏街道ではそれと知られた浪人剣客であった。腰には愛刀も差さっている。身一つでなら、卍屋の包囲を切り抜けることはできただろう。

（しかし、友次郎がいる）

友次郎を置き捨てにすれば、今回の働きの手間賃を受け取ることができなくなる。その先に待っているのは厳冬期の野垂れ死にだ。

（なんとする）

とりあえずはその場に身を伏せて、卍屋の者たちの視界から逃れた。卍屋の者たちは執拗《しつよう》に草むらの周囲を動き回った。まだ草むらの中に友次郎たちがひそんでいると確信しているのだ。

雨がますます激しくなってきた。多少の物音を立てても気づかれずには済みそうだが、気力はますます萎《な》えていく。

友次郎は息を喘がせるばかりで、囁《ささや》きかけても返事をしない。やはり矢は、脚の骨を貫通し、神経を痛めつけているのであろう。激痛に堪えかねてついに気を失ってしまった。

(このまま夜を待つか)

そう思ったのだが、悠長に構えてもいられないようだ。

彼方《かなた》で突然、絶叫があがった。友次郎の手下の一人が発見され、袋叩きにされているらしい。

卍屋の数名がこちらに向って草むらをかき分け、迫ってきた。もはや発見されるのも時間の問題であろう。榊原は腰帯の刀を鞘ごと抜いて、身を伏せたまま鯉口《こいぐち》を切った。

その時――。

「お待ちなさいよ」

男にしては甲高い声が背後から聞こえてきた。

榊原は仰天して振り返った。真後ろに、あの男が屈《かが》み込んでいた。

（いつの間に！）

前方の卍屋ばかりに気を取られて、背後への気配りがおろそかになっていたのか。それにしても、榊原ほどの使い手の目を盗んで近づくとは。普段の榊原であれば決してありえぬ話であった。

男はいつの間にやら饅頭笠を被り、卍屋の屋号が入った蠟引きの合羽を着けていた。片手にもう一揃え、笠と合羽を持っている。それをグイッと突き出してきた。

「百姓衆が脱ぎ捨てたのを拾ってきたのさ。お着けなさいよ。卍屋に雇われた百姓衆に化けるんでさぁ」

「うむ！」

榊原は男の策を即座に理解した。急いで合羽を羽織ると、刀は合羽の下に隠し持ち、饅頭笠で面相を隠した。

榊原は笠の緒を結びながら質《ただ》した。

「友次郎の分はどこにある」

男はヘラヘラと場違いな笑みを浮かべて答えた。

「友次郎さんは、そこに転がしておきなさいましよ」

「しかし」

「今はご自身が生き残ることだけをお考えなさい」

そう言うと顔を泥水で汚し、フラリと立ち上がって、卍屋の男衆たちを目指して歩んで行った。

「もうし、もうし。お助けくだせぇやし。雇われた百姓にごぜぇますだ」

突然現われた人影に驚いて、卍屋の者たちは六尺棒を鋭く構えた。だが、笠の下から覗いた顔つきが、なんとも気合が抜けきって見えたので、殺気を解いて六尺棒を引っ込めた。

男は遠慮も臆した様子もなく、堂々と歩み寄っていく。

「こんなおっかねぇ目に遭《あ》わされるなんて、聞いてなかっただよぅ。ナァ五平次《ごへいじ》どん？」

背後を振り返って榊原をチラリと見る。榊原にも百姓のように見える芝居をしろ、ということらしい。榊原もせいぜい肩を竦《すく》め、卑屈に腰を折った。

男は笑顔を卍屋の男衆の、先頭に立った男に向けた。

「お約束のお駄賃を頂戴してぇだ」

堂々と両手を上に向けて差し出し、金をねだる。

男衆は宿屋の使用人とは思えぬ厳めしい顔つきで、首を横に振った。

「約束の金は、お前さんがたの村で渡すと言ってあったはずだぜ」

訝《いぶか》しそうに男を睨みつけた。

榊原は、男の不用意な一言で芝居がバレたのでは、と、総身に緊張を走らせた。

しかし男は笑顔を絶やさずに、首を横に振った。

「オラたちの村は、いったいどこさ、あるんだべかねぇ?」

「ナニィ?」

目を剝いたのは卍屋の男。目を剝きたくなったのは榊原だ。

男は堂々と笑みを浮かべながら続けた。

「怖くて怖くて、夢中で逃げ回ったもんだからよォ、西も東もわからねぇだよ。この雨だ、お天道様も出ていねぇしな」

卍屋の男は呆《あき》れ果てて答えた。

「村の者がわからねぇのに、江戸者の俺たちにわかるわけがねぇだろう」

「そりゃそうだ」

「まだ草むらには悪党どもがひそんでいるんだ。こんな所でグズグスしていたら、もっと恐ろしい目に遭うぞ！　どこでもいいからさっさと立ち去れ！」

「へぇ。そいつぁおっかねぇなァ。それじゃあ仕方がねぇ。あっしら二人で、どうにかして村まで帰るとするだよ。さぁ、行くぞ、五平次どん」

男はだらしのない笑みを浮かべて、何度も何度も会釈しながら、卍屋の男衆の横を通り抜けた。卍屋の者たちはまったく警戒する様子もない。この男のことを、少しばかり頭の足りない百姓だと信じ込んでいるようだ。頭から見下し、馬鹿にしている相手を警戒する者はいない。

榊原も大柄な身体を低く屈め、足の運びから武芸者だと覚《さと》られぬように、不格好なガニ股で歩を進めて、卍屋の間をすり抜けた。思わずホッと安堵《あんど》の息を吐きそうになったその瞬間、榊原は信じがたいものを見た。

男が、たまたま足元に転がっていた倒木を摑みあげて大きく振りかぶり、卍屋の男衆の一人に背後から殴り掛かったのだ。

ボカッ――と凄《すさ》まじい音がした。太い枝は半ば腐りかけていて、打撃と同時に粉々に砕けた。殴られた男は前屈みになって、声も上げずに倒れた。

いったい何事が起こったのか、よく分からない顔つきで卍屋の男衆二人が振り返った。

「浪人さん！」

男が榊原に向って叫んだ。示し合わせていたわけではないが、榊原は合羽の下に隠し持っていた長刀を構え直し、

「ムンッ！」

鞘の鐺《こじり》で、右の男衆の鳩尾《みぞおち》を打ち、さらに鞘を返して、もう一人の脾臓《ひぞう》を突いた。

卍屋の二人は、やはり声も上げずに失神し、そのまま大の字に転がった。

すかさず男が卍屋の男衆に馬乗りになる。男衆の着物をはだけて懐を探り始めた。

「何をしておる」

榊原が質すと、男は初めて見せる真剣な顔つきで答えた。

「銭だよ！　路銀を頂戴するのさ！」

財布を引っ張り出し、自分の懐に突っ込む。三人に次々と飛び掛かっては、財布の巾着や紙入れなどを失敬した。

「さぁ浪人さん、逃げるよ！」

尻《から》を絡げて走り去ろうとする。榊原は慌てて「待て！」と呼び止めた。

「友次郎はどうする！」

男は、なんの感傷もないツルリとした顔つきで答えた。

「どうするったって、連れては逃げられないさ」

榊原をマジマジと見つめて続けた。

「あたしらはお侍じゃないんだ。忠義なんてモンは知ったこっちゃない」

「そうではない。友次郎を連れ帰らぬでは仕事料が――」

「銭なら、ほい」

男は懐から巾着を一つ摑み出して投げつけてきた。榊原は胸元で受け止めた。入っているのは小銭ばかりであろうが、ズシリと重かった。これだけあれば当分の凌《しの》ぎにはなりそうであった。

銭が手に入った途端に、急に命が惜しくなってくる。榊原は背後の草むらに横たわる友次郎にはあえて目を向けず、男の後ろについて走り出した。

なんという名がつけられた川なのかはわからない。広大な関東平野を流れる川は、大雨のたびに流れを変える。昨日は淵《ふち》だった場所が今日は陸《おか》となる。支流などにいちいち名などはつけられない。

男と榊原は川岸の葦《あし》の中に身をひそめた。雷鳴が時おり響いてくる。逃げ回っているうちに日暮れが近づいてきたようだ。周囲はますます暗くなってきた。

「見なせぇ、ご浪人さん」

男が川の中を指差した。

「むっ……、あれは？」

川の中程を一艘《そう》の川船が進んできた。吃水《きっすい》の浅い川を航行するために底を平らに削った高瀬船だ。舳先《へさき》には『卍』の文字が染め抜かれた幟《のぼり》が立てられている。船上には数名の人影があった。

男はヘラヘラと笑った。

「卍屋のご一行だぁ。あの中の一人が、公事の証人の浪人様でございましょう」

榊原は低く唸って、さらには歯嚙みをした。

「我らに百姓を襲わせておいて、本隊は川路を取ったということか」

男は「ひゃひゃひゃひゃ」と耳障りな笑い声を上げた。

「友次郎も、あたしたちも、まんまと一杯食わされましたねぇ」

「笑っておる場合か。お陰でむざむざと犬死にをするところであったのだぞ」

「あたしらを手玉に取るなんざ、さすがは馬喰《ばくろ》町の卍屋甲太夫だねぇ」

この男の機転で三人の男衆を倒し、小金を奪うことはできたが、一方で友次郎と子分衆を壊滅させせられた。

男は欠伸《あくび》でもしそうな顔つきで川面《かわも》の船を眺めている。

「公事の証人を江戸に運ばれちまったんじゃあ、このあたしの出場もナシだ。庄屋の倅の偽者なんかが口上を述べたって、とんだ道化の引き回しってモンさ。それどころか偽証だとバレたらこっちの命にも関わっちまう」

そんなことを呟いている間に、船は二人の目の前に差しかかった。十間（約十八メートル）ほどの距離を隔てて、本日の仇敵《きゅうてき》が行き過ぎようとしていた。

船の中程に一人、小柄な人物が立っていた。蠟引きの合羽を羽織り、視線は決然と前に向けている。

「あれは……、女人ではないのか」

榊原が呟いた。男は薄笑いを絶やさずに答えた。

「女ですねぇ」

榊原はさらに、船上の人影を凝視した。

「卍屋甲太夫は、どこにおるのだ」

「さぁて、どこでしょうかねぇ」

船には何人かの男が座っていたが、そのうちの誰が卍屋甲太夫であるのか、その顔も知らない榊原には、見定めることもできなかった。

船は下流に進み、氷雨の煙《けぶり》と夕闇に紛れて、すぐに見えなくなってしまった。

三

徳川幕府の直轄領は当時『公領』と呼ばれていた。明治維新の後、公領は天皇家に没収され（実際には国有地化）、以後は天皇家の領地であるので『天領』と呼ばれるようになった。

徳川家の公領は、京や奈良や駿府《すんぷ》、長崎などの要地の他、佐渡の金山など、日本国中に散らばっている。その中でももっとも広大な領地が関八州の全域に広がっており、これらの地は勘定奉行所によって統治されていた。

勘定奉行の定員は四名であって、うち二名が勝手方と呼ばれ、農地や商業地の納税を担当した。残りの二名は公事方と呼ばれ、治安の維持や公領領民の訴訟を担当している。これらの役目は一年毎の交替制であった。

現地を統治する代官や、治安維持のために出馬する関八州取締出役なども勘定奉行所の役人たちである。関八州の役人は家柄ではなく、算盤《そろばん》勘定の上手な者が採用された。関八州取締出役は関八州の悪党どもを震え上がらせていたが、その実態は算盤名人の吏僚なのだ。刀を振り回せるだけの腕力があったかどうかすら怪しいものであった。

公領での訴訟は、領民たちがわざわざ江戸に出向いて行われる。裁判官である勘定奉行や関東郡代（関東の惣代官《そうだいかん》）が江戸に役所を構えていたからだ。

徳川家は元々は三河国（愛知県東部）の大名であった。豊臣秀吉の命でそれまでの領地を取り上げられ、代りに関八州を押しつけられた。この地は元々北条家（小《お》田原《だわら》北条家）の領地であり、その北条家は秀吉と家康たちの手で攻め滅ぼされたばかりであった。

かつての仇敵の領地をあてがわれたのだから、うっかり暴政などを敷くとすぐに一揆《いっき》が勃発する。

このような経緯があったので、徳川家は領民を慰撫《いぶ》することに並々ならぬ熱意を注いでいた。百姓たちのつまらぬ諍《いさか》いを、わざわざ江戸の奉行所で裁いてやる。徳川幕府の最高意思決定機関を〝評定所《ひょうじょうしょ》〟と言うが、百姓の喧嘩騒ぎや、時には離婚訴訟なんぞも、評定所において、老中たちが首を揃えて議論して、裁くことすらあったのだ。

大公儀（徳川幕府）勘定奉行所は、江戸城本丸の御殿内と、もう一つ、大手門前、常盤《ときわ》橋御門を渡ってすぐの場所に置かれていた。本丸の外に別棟の役所が置かれていたのは、公領の百姓などが公事や陳情のために足しげく通ってくるからである。公領の統治が幕府を支える根幹とはいえ、さすがに百姓町人を本丸の中に入れることはできない。

役所に面した庭先には白砂が撒《ま》かれ、俗に言う『お白州』を成していた。砂の上に敷かれた莚《むしろ》の上に、公事の当事者である百姓たちが座らされていた。

一段高い座敷内に座った勘定奉行から見て、左側にいるのが、上野国は荷沢《にさわ》村の百姓。村を束ねる庄屋と乙名《おとな》たちである。

右側に座っているのが与田《よだ》村の百姓たちで、同じように庄屋と乙名が莚の上でひと固まりにされていた。

百姓たちは、勘定奉行直々の御出座をうけて緊張しきり、満足に口も利けない有り様だ。満面に汗を垂らし、池の鯉のように口をパクパクとさせるばかりであった。

代りに公事の論陣を張っているのは、公事宿と呼ばれる宿屋の者たちだ。

「……かような次第でございますから、この用水は、本多《ほんだ》右近将監《うこんしょうげん》様の御家中様より賜《たまわ》りました公金を使いまして、荷沢村の百姓衆が掘ったものにございます。でございますから、七分三分の分け前で、荷沢村の田畑に水が引かれるのは当然のことかと存じあげ奉りまする」

公事宿は宿屋が本業であり、公事（裁判）のために江戸に上ってきた百姓たちを泊めることが本来の仕事であったのだが、公事を円滑に進めるために、当事者に代って論陣を張ったり、公事に必要な書類を代筆する業務をも請け負っていた。

勘定奉行の膝元には、二ヵ村の地図や、それぞれの村が提出した証拠の書類が並べられている。今回の公事は用水の水利権争いで、その用水路を掘った主体が誰なのか、金を用立てたのはどちらの村であったのかが争点となっていた。

勘定奉行は、上野国の代官所が提出した地誌にも目を通した。上野国の平地は浅間山や赤城山などの活火山に囲まれている。噴火のたびに火山灰や軽石が降り注ぐので、地味は薄く、物成りは良くない。用水の有る無しはそれぞれの村にとって死活問題である。

さらに奉行は、配下の役人がこの公事のために纏《まと》めた書類にも目を通した。問題の用水路が掘られたのは、ほんの三十五年前のことだという。誰がどういう経緯で掘ったのかなど、古老に聞けばすぐに判明しそうに思えた。

ところがである。荷沢村と与田村はその三十五年の間に何度も領主を替えていたのだ。しかも問題の用水を掘った当時、二ヵ村の領主であった本多右近将監家は改易処分を受けて断絶、当時を知るはずの家臣たちは浪人となって行方も知れず、当時の経緯を記したはずの帳簿や藩史も残らず消え失《う》せていたのであった。

だからこそ、こうして水利権争いが勃発する。面倒な公事が勘定奉行所に持ち込まれてくる。どちらかが嘘《うそ》をついている——ということは理解できたが、どちらが嘘をついているのか、それを明かす手だてがまことに乏しい。

この公事も、審理が始まってから早、二ヵ月が経《た》とうとしている。荷沢村が証拠を出せば、与田村が反論の証拠を提出する。与田村が証人を出せば、荷沢村もすかさず証人を連れてくる——という展開でまったく埒《らち》があかない。

勘定奉行は書類から目を上げて、荷沢村を世話する公事宿、『飛車屋《ひしやや》』の主人に視線を向けた。

「本日は新たな証人を連れてくるという話であったが、その者はいずこに控えおるのか」

荷沢村の庄屋や乙名には目も向けない。公事は奉行と、公事宿の者たちで進めてしまう。公事のしきたりに慣れぬ百姓などをいちいち介在させていたら、いつまで経っても裁きが終わらないからだ。

飛車屋の主人は恭《うやうや》しげに低頭した。

「はい。当時の経緯を知る、他村の庄屋がございました」

「他村の者か」

「どちらにも肩入れするはずもない、公正な者にございまする」

「ならば、その者を連れて参れ。それで話がつくであろう」

するると主人は困惑したような笑顔を見せて、かつ、しきりに恐縮した様子で顔を伏せた。

「ところがでございます。なにしろ三十五年もの昔の話……。その庄屋さんもずいぶんなご高齢でございまして、長旅は難しく、庄屋さんの末の息子が話をよく聞き取って、江戸に向っておるところでございますが――」

「どうしたのだ。その悴とやらを白州に引き出すが良かろう」

「いや、それが、上野国の大雨で、足止めをされている……とか、どうとか……」

勘定奉行はチラッと不快げな表情を浮かべた。

「上野国において、旅の支障となるほどの雨が降った、などという話は聞いておらぬぞ」

関八州の公領を統治しているのは勘定奉行だ。災害の報告は逐一奉行所に届けられる。

「飛車屋の者、その方、この奉行をたばかろうといたすか」

睨みつけられて飛車屋の主人は震え上がった。

「めっ、滅相もございませぬ！　その悴が、そのぅ、てんで意気地《いくじ》のねぇ野郎でございまして、ちょっとばかりの雨を苦にして、足が冷たいだの、氷雨に打たれて腹を下しただの……」

「ええい、もうよいわ」

奉行は不機嫌そうに視線を外した。

飛車屋の主人はわざとらしく冷汗を拭う素振りをしてから振り返り、背後に控えた下代《げだい》に目を向けた。一転して険しい顔つきで睨みつける。無言で（あの男の到着はまだか）と質したのだが、下代は青い顔をして首を竦めるばかりであった。

下代とは、普通の宿屋で言う番頭のことだ。公事屋の番頭――下代は、宿屋の仕事ばかりでなく、公事を円滑に進め、かつ勝訴に持ち込むためのさまざまな仕事もこなしていた。証人を探し出して連れてくるのも、その役目の一つであった。

いずれにしても、肝心の証人がお白州に出廷しないのでは話にならない。飛車屋の主人は鬼瓦のような顔つきになり、歯嚙《はが》みをしながら座り直した。

（仕方がねぇ、今日のところはこれでお開きを願おうか……）

などと飛車屋の主人、六左衛門《ろくざえもん》は考えた。証人——仕立て上げた騙り者だが——が来ないのでは公事の進めようもない。すでに二ヵ月も揉《も》め続けている公事なのだ。一日二日、引き延ばしたところで痛痒《つうよう》はまったく感じなかった。

（それどころか、公事が長引けば長引くほど、こっちの懐にゃあ、よけいに宿代が転がり込むって寸法さ）

荷沢村の庄屋や乙名たちは、奉行の裁きが下されるまで、ずっと飛車屋に泊まり続けなければならない。宿代は村の百姓たちが負担している。村にとっては厳しい負担だが、宿屋にとっては有り難い客なのだ。

手詰まりの悔しさを誤魔化しながら、奉行に閉廷を訴えようとしたその時であった。

白州に通じる木戸が開かれて、一人の女人が入ってきた。飛車屋の主人は横目で確かめて、苦々しげに顔をしかめた。

(卍屋の夜叉《やしゃ》娘か)

薄紫色の小袖に白い羽二重の羽織を着けて、女ながらに袴を穿いた二十歳過ぎの女が、静々と足を運んできて、白州に敷かれた莚の上に正座したのである。

公事宿卍屋の主、甲太夫の一人娘、お甲《こう》——。その名は父から譲られたものだ。父と息子が同じ名乗りを上げることは、決して珍しい話ではない。例えば徳川将軍家では、嫡子《ちゃくし》は代々、竹千代を名乗る。父も竹千代、息子も竹千代だ。商家でも、○左衛門の何代目、などという店はいくらでもあった。隠居が初代○左衛門で、主人が二代目○左衛門、若旦那が三代目○左衛門、という次第だ。

しかし、父親が娘に名の一字を与えるというのは珍しい。それほどまでにこの娘に期するところがあったということか。

お甲は勘定奉行に向って深々と低頭した。

「卍屋甲太夫が名代、お甲にございまする」

奉行は無表情にお甲を見下ろしてから、やおら、質した。

「甲太夫は如何《いかが》いたした。病は未《いま》だ、快方に向かわぬのか」

お甲は「はっ」と答えて低頭してから答えた。

「お陰様をもちまして、少しずつ快方に向かいつつはあるものの、まだ床上げには早いと医師が申しております。差し紙を回す務めも果たすことができず……、この名代を、お許しいただきたく願い上げまする」

奉行は一言、「許す」と答えた。

名代として公事に関わる許しを得たお甲は、肩ごしに振り返って木戸に顔を向けた。木戸の外には三人の者たちが入場を待っていた。お甲に促され、卍屋の下代二人が、まず入ってきた。

下代たちはもう一人、老齢の武士を連れていた。老齢の武士は見苦しくない程度に身形《みなり》を整えてはいたが、窶《やつ》れて皺《しわ》だらけの顔には貧苦の様が張りついている。一目で浪人だと推察することができたほどだ。

ところがである。その貧しげな浪人者に気づくなり、与田村の百姓たちが満面を歓喜の色に染めて腰を浮かせたのだ。

「清瀬《きよせ》様じゃ！」

「清瀬様が来てくださっただ！」

まるで生き神様が降臨したのを見るような顔つきで大声を張り上げた。

「ええい、静まれ！　お奉行の御前であるぞ！」

役人に叱責《しっせき》され、慌てて座り直す。清瀬と呼ばれた浪人者は、下勘定奉行所の下役人に導かれて、奉行の正面に敷かれた莚に座った。浪人とはいえ元は歴とした武士である。地べたに座らされるのは恥辱であろうが仕方がない。浪人は正確には武士の身分ではない。腰に刀を差していても、町人や無宿者と見做《みな》されてしまう。床几《しょうぎ》などを貸すわけにはいかないのだ。

清瀬は決然として莚に正座した。卍屋お甲が奉行に向かって紹介した。

「新たな証人にございまする。三十五年前、本多右近将監様の御家中様でございました、上野浪人、清瀬孫十郎《まごじゅうろう》様にございまする」

紹介を受けて清瀬が低頭した。

勘定奉行は本人の口から確かめるために訊《たず》ねた。

「そのほう、今の話はきっと確かか」

清瀬は顎を引いて頷いてから、勘定奉行に目を向けた。

「いかにも拙者《せっしゃ》、かつては本多右近将監家の禄《ろく》を食《は》んでおり申した。清瀬孫十郎と申しまする」

それを聞いて与田村の百姓たちが感涙に咽《むせ》んだ。

「清瀬様……、わしらの村を救うために、ここまでなさってくださるとは……！」

「よくぞ、恥を忍んで足をお運びくだされた……！」

浪人は、仕官を求める際などを除いて、己の出自や、かつて仕えていた家は明かさないものだ。余人に知られぬよう、ひた隠しにする。浪人が出自を明かせば、自分自身や、かつての主家の恥を世間にさらすこととなってしまう。武士は恥をかくことをなによりも恐れる。自ら白州に出頭することなど、ほとんど絶無であったのだ。

それでも清瀬は、与田村の者たちを救うために恥を顧みずに駆けつけた。与田村の百姓たちは清瀬の意気に感じて、滂沱《ぼうだ》の涙を流した。

奉行も、清瀬の心意気には少なからず感じ入った様子であったが、百姓と一緒になって感動していたのでは公事にならない。顔つきを厳めしく取り繕って、清瀬に質した。

「そのほう、三十五年前、本多右近将監の家中において、いかなる役職に就いておったのか、申せ」

本多右近将監は取り潰《つぶ》された大名だ。取り潰しとは罪人に対する刑罰である。大名ながら罪を犯した者だから、家ごと潰されたのだ。罪人に礼は必要ないから呼び捨てで、その家中に対しても、罪人の一味のように扱った。

清瀬は「ハハッ」と恐縮した様子を見せてから、答えた。

「拙者は、普請方《ふしんかた》の役に就いており申した」

奉行は「うむ」と頷いて、清瀬の顔をまじまじと見つめながら、続けて訊ねた。

「されば、三十五年前に、二ヵ村の間に掘られた用水の普請についての憶《おぼ》えはあるか」

「よく憶えており申す」

「左様か。フム？　いやにきっぱりと言い切ったものだな。この奉行も、三十五年もの昔となれば、いささか物覚えも定かではないが？」

「三十五年と申せば、拙者の父が隠居をし、拙者が普請方のお役を継いだばかりでございました。決してしくじりは犯すまいぞと気を張る毎日でございましたゆえ、当時のことは、昨日のことのように憶えておりまする」

当時の清瀬はまだ若く、御家が取り潰しになろうなどとは夢にも思っていない。希望と野心に胸をふくらませながら、役目に従事していたはずだ。

「なるほど。では重ねて問う。二ヵ村の間に用水が掘られた経緯や如何《いか》に」

「はっ」

清瀬は、記憶を辿るような顔つきで言葉を切ってから、やおら、答えた。

「与田村の庄屋より陳情があり、与田村より人を出すという約定で、掘ったと憶えております る」

「なんと」

奉行は眉をグイッと上げた。

「用水を掘りし人足は、与田村の百姓だったと申すか」

「いかにも」

「荷沢村の百姓はいかに」

「確かに用水は荷沢村をも流れておりまするが、当時、荷沢村のあの近辺は荒れ地でござって、田畑はなかったものと憶えておりまする」

「それならば、荷沢村の田畑は、与田村が引いた用水の水を使って開墾されたということになるな」

「そこまでは、拙者の与《あず》り知《か》らぬところでござる」

奉行は荷沢村の庄屋に目を向けた。

「そのほうどもの申しようとは異なるが、どういうことじゃ？」

荷沢村の庄屋と乙名たちは、清瀬が白州に現われた辺りから、すでに血の気の引いた顔つきとなり、額に冷汗を滲《にじ》ませていた。奉行に鋭く睨みつけられ、身を縮めて震え上がった。

「てっ、手前は、父より聞かされた話を、そのまま訴えただけにございまして」

荷沢村の庄屋が叫んだ。罪を父親になすりつけようというのだから、たいした親不孝者である。奉行は飛車屋の主人を睨みつけた。

「そのほうが用意したという証人は、本当にこの白州に現われるのか」

飛車屋の主人も総身に震えを走らせた。

「はっ、はい……、旅路が、お、遅れてはおりますが、必ず……」

はっきりとしない物言いは、その証人の素性の怪しさを物語っているように奉行には思われた。

「ええい、もうよい！」

奉行は断を下した。

「本日の白州はこれまで！　おって沙汰《さた》をいたす！　二ヵ村の者ども、それぞれの公事宿で沙汰を待つようにいたせ！」

スックと立ち上がると、長袴を引きずりながら奥へと下がっていった。一同の者はひれふして、その背中を見送った。

四

公事宿『卍屋』は馬喰町の一丁目にある。勘定奉行所から遣わされてきた役人を見送った後で、与田村の庄屋は飛び跳ねるようにして喜び始めた。

「やった、やりましたよお甲さん！　わしらの訴えが通りましたよ！」

満面をクシャクシャにして笑い、そのうえ大粒の涙を流し、お甲の手を取って、両手で伏し拝むようにした。

「お甲さんのお陰だ。卍屋の皆さんのお陰ですよ！」

勘定奉行所からの沙汰状には、用水の持ち主は与田村であることが明記され、荷沢村が勝手に作った取水口は塞ぐように命じられてあったのである。これで用水の水は三十五年前と同じように、下流の与田村に流れることとなったのだ。

お甲は自分の手を握る庄屋の手をそっと押し返しながら笑みを返した。

「よろしゅうございましたな。おめでたいことでございます」

お甲にとっては、年に何十件と持ち込まれる公事の一つが終わったに過ぎない。これが毎日のことだから庄屋と一緒に飛び跳ねているわけにもいかない。二階の座敷には別の公事で江戸にやってきた者たちが何組も控えているのだ。勝訴と知っても気を緩める暇などはなかった。

「それでは、祝いの膳の用意をせねばなりませんね」

庄屋が気を良くしている間に、祝い膳の用命を受ける。もちろんこの酒宴の金を出すのは与田村の者たちだ。与田村のために働いた者たち（例えば清瀬や卍屋の使用人たち）に旨《うま》い物を食べさせ、美酒を飲ませ、さらには礼金や祝儀まで出させる。

そこまでするのが公事宿の仕事であった。なかなかにがめつい稼業ではある。

「ああ、そうですね。祝いの酒宴」

「清瀬様にも御礼を差し上げねばなりませぬ」

「はい、もちろんですとも」

「清瀬様を見つけ出し、白州に出てくださるように嘆願した手前どもの下代たちにも、ご褒美をいただきたく存じます」

「はい、わかっておりますとも……」

与田村の庄屋は次第に現実に引き戻され、なにやら渋い顔つきになってきた。

自家製のどぶろくしか飲んだことのない百姓衆だ。清酒の美味にすっかり酔ってしまい、大声で歌い踊っている。

お甲は賑《にぎ》やかな宴席を離れると、一人、卍屋の奥座敷に入った。襖《ふすま》を閉めて神棚の前に腰を下ろした。

「ふう……」

少しばかり酒を過ごしたようだ。与田村の庄屋の手ずから銚子《ちょうし》の口を向けられれば断れない。頬や首筋が紅く染まっている。衿元をやや寛《くつろ》げて、火照《ほて》った身体を冷ませうとした。

そこへ下代頭の菊蔵《きくぞう》が入ってきた。手には盆を掲げている。お甲愛用の湯呑茶碗《ゆのみ》がのせられていた。

菊蔵は古株の下代だ。五十絡みで鬢《びん》にも髷《まげ》にも白髪が目立つ。面長の彫りの深い顔だちで、目つきにはなんとも言えない凄味があった。大柄な身体で折り目正しく膝をつくと、恭しげに盆ごと湯呑を差し出してきた。

「お疲れさまにございます」

濃く淹《い》れた茶がほんのりと湯気を立てていた。

「ありがとう」

お甲は湯呑を手に取って、一口茶をすすった。

「ああ、生き返るねぇ……」

ホッと息をついたお甲の姿を見て、菊蔵がニヤリと口許《くちもと》を歪《ゆが》めて微笑《ほほえ》んだ。

「まだお若いのに、年寄りのような物言いでございまするな」

お甲は自分の拳《こぶし》で肩など叩きながら答えた。

「難儀な公事だったからねぇ。嫌でも年ぐらいとりますよ」

「なんにしても、勝ち公事でよろしゅうございました」

二階の座敷からは盛大なドンチャン騒ぎが聞こえてくる。お甲は少し、困った顔をした。

「そろそろお開きにしてもらわなくちゃいけないねぇ。あれじゃあご近所にも迷惑だ」

馬喰町には、卍屋の他にも、いくつもの宿屋が建ち並んでいる。それらのすべてが公事宿というわけではないが、旅人とは総体、早い時刻に寝ついて早朝に旅立っていくものだ。

しかし菊蔵は不敵な顔つきで笑った。

「なぁに、あと半時は騒いでもらったほうがいいですぜ。公事宿が賑やかなのは公事に勝った証《あかし》だ。ああやって嬉《うれ》しげにはしゃいでもらえば、この卍屋の、いい宣伝になろうというものでさぁ」

「まぁ、図々しい」

お甲も笑みを返した。

その時であった。廊下を渡ってくる足音を耳にして、お甲は口をつぐんで廊下の襖に目を向けた。

襖の向こうで卍屋の若衆が膝をついた。

「相原《あいはら》様が足をお運びにございます」

「相原様が」

お甲の表情がパッと変わった。衿元を直しながら答えた。

「お通しして」

「はい」

若衆が下がる。お甲は菊蔵にも目を向けた。菊蔵は（何もかも心得ている）という顔つきで、一礼してから座敷を出ていった。

お甲は立ち上がると、座敷の下座に移動した。髷や着こなしに崩れがないか何度も確かめてから正座する。

「……これはこれは相原様。ようこそお渡りくださいました」などと、愛想の良い菊蔵の声が廊下の先から聞こえてきた。廊下で擦れ違ったのに違いない。やがて相原の足音が、お甲の待つ奥座敷に近づいてきた。

お甲は畳に両手をついて低頭した。相原の影が畳に差した。

「お甲か。このたびは甲太夫の名代、大儀であったな」

声を掛けながら相原が踏み込んできて、座敷の上座に座った。すかさず若衆が入ってきて、相原の背後に刀を置く。客の刀はいったん家の者が預かって、客が座敷に着座してから、その後ろに置くのが礼儀であった。

若衆は廊下に膝をついて低頭してから、襖を閉め、表店《おもてだな》のほうへ去っていった。

奥座敷には相原とお甲だけが残された。

相原は羽織袴の厳めしい姿。年はまだ二十代の半ばほどであろう。黒々とした髪を艶やかな鬢付け油で結い上げていた。

キリッとした眉に切れ長の二重瞼《まぶた》。鼻は細くて高い。きつく引き結ばれた唇が意思の強さを感じさせる。

肌の色はよく陽《ひ》に焼けている。それだけが、この男の容色を損ねている。精悍《せいかん》さを感じさせる色つやではあるのだが、総じて江戸では男も女も、色の白い者が好まれた。武士も百姓も町人も、身分が高い者ほど屋敷の奥で働くからだ。奉行は外回りなどしないし、庄屋は畑仕事をしない。豪商の主も店先を箒《ほうき》で掃いたりはしない。

偉い人ほど陽に当たらないから色白なのである。

よく陽焼けした武士を見れば、江戸者はすぐにその身分を覚る。参勤交代で長旅をしてきた大名の家中か、関八州の公領を巡検して回る勘定奉行所の役人のどちらかだ。

相原喜十郎《きじゆうろう》は勘定奉行所の支配勘定であった。まだ若いが、奉行所内ではやり手の能吏として知られていた。

お甲は改めて頭を低くして挨拶した。

「このたび、相原様におかれましては、曲者《くせもの》どもの企《たくら》みを手前どもにお報《しら》せくださいましたばかりか、代官所の手勢をもって合力くださり、曲者を退けてくださいました。なんと御礼を申しあげればよいのか、卍屋一同、感謝の言葉も見つかりませぬ」

「うむ。八州廻《まわ》りの道案内より、宿場で悪漢どもが駆り集められ、卍屋と清瀬殿を襲う算段——という報せが届けられたのでな。取るものも取りあえず、代官所の手代たちを動かしたのだ。ムム、この太平の世で弓矢など放って、騒ぎが大きくなっておらねばよいがの」

「街道筋を荒らす悪党どもを大勢捕縛できたと、宿場の者たちが喜んでおるとのことにございまする」

「左様か」

「お陰さまでお甲は、虎口《ここう》を脱することが叶《かな》いました」

「うむ。そなたの無事がなにより嬉しい」

お甲は顔を上げ、相原もお甲を見つめ返した。

「相原様」

「お甲」

衣擦《きぬず》れの音とともに二人の距離が縮まった。お甲の足袋《たび》が畳の上を滑る。相原の腕の中に深く身を寄せた。白い指が相原の衿元に伸びる。相原の腕がお甲の身体をきつく、抱きしめた。

「案じておったのだぞ、お甲」

相原の頬がお甲の頬に重なる。

「女の身で、かような危うい稼業に就くとは――」

「お許しくださいませ……」

「いいや、許せぬ」

お甲の無事をその手で確かめるように、相原はお甲の身体をきつく撫で回した。

お甲の息が上がり、細い首筋を仰け反らせて喘ぐ。

相原はお甲の美貌を両手で挟むと、クイッと上向かせ、己の顔を被せた。半開きになった唇を吸った。

「うっ、ウウム……」

お甲の喘ぎ声が相原の口の中に吸いこまれる。たっぷりと口唇を吸い回してから相原は、続けてお甲の細い咽首《のどくび》にも舌を這わせた。

「ああ……！」

お甲の切ない貌容《かんばせ》が歓喜に揺れる。白い足袋が盛んに畳の上を滑り、乱れた着物の裾から長く美しい脚がヌッと伸びた。朱鷺《とき》色の蹴出《けだ》しに真っ白な肌が鮮やかに映った。

「喜十郎様！」

座敷に置かれた行灯《あんどん》の火がジリジリと音を立てて揺れる。やがて油が尽きたのか、フッと火が消えて座敷は闇に包まれた。

ほんのりと月明かりに照らされた障子を背景にして、二人の身体が折り重なるようにして、倒れ込んでいった。

第二章

一

公事宿『飛車屋』の主人、六左衛門は、帳場の結界に座って苛立たしげに算盤を弾いていた。

宿屋の帳合をつけているのだが、何度も算盤を弾き間違えた。頭の中がムシャクシャとして珠算どころではないのだ。公事の顚末《てんまつ》がどうにも腹立たしくて仕方がない。終いには算盤をガシャガシャと振って御破算にして、荒々しく帳面を閉じてしまった。

「ええい、面白くない！」

今回も卍屋に煮え湯を飲まされ、勘定奉行の面前で大恥を掻かされた。勘定奉行所からは、「証拠や証人を揃える際には、その真贋《しんがん》を厳しく見極めるように」とのお叱りまで頂戴してしまったのだ。

公事に敗れた荷沢村の面々は、露骨にしょげかえって落胆している。明日の朝早くに発《た》つという話で早めに床を取った。それきりまったく物音が聞こえない。さながらお通夜のようであった。

一方、卍屋のほうからは夜風に乗って歓声が聞こえてくる。勝訴した与田村の者たちが祝宴を上げているのに違いなかった。

「ええい、面当てがましい！」

六左衛門は思わず帳面を引き裂きそうになり――慌てて手を止めた。

江戸馬喰町には公事宿が多く集められている。結果、公事の仇敵同士が、ごく近い距離で寝泊まりをすることになる。

馬喰町には徳川幕府の開闢《かいびゃく》当初から、関東郡代、伊奈《いな》家の役所が置かれていた。

幕政初期、伊奈家は公領の惣代官を務めており、その権力は老中以上とも噂されていたほどだ。幕府の公領がおよそ四百万石。そのうちの百万石以上を支配していたのである。日本一の大大名として知られた加賀の前田家が百二十万石であるから、前田家に匹敵する領土を持っていたとも言える。

伊奈家に惣代官を命じたのは、初代将軍、徳川家康であった。家康の権威を後ろ楯《だて》にして権勢を誇ってきた関東郡代伊奈家であったのだが、平和な時代が続くに連れて、武家政権の武断政治（戦争を遂行することを主眼とした政治）は時代にそぐわなくなってきた。

家康以来の幕府の機構をいったん解体し、新しい時代に即した幕府のあり方に改革したのが、五代将軍の綱吉であった。関東郡代伊奈家も握り続けてきた権益を奪われ、その権益は勘定奉行所の役人たちの手に配分された。勘定奉行所の役人たちは算用の試験によって登用された者たちである。親から子へと世襲されてきた権力が、実力本意の官僚の手に渡ったのだ。

能力さえあれば身分の低い武士でも出世ができる。その道筋をつけたのが綱吉で、徳川将軍第一の名君と誉れも高い吉宗が、大岡越前のような才人を多く登用できたのも、綱吉の改革があったればこそなのだ。

しかしこの改革の断行によって綱吉は、それまで権力を握ってきた幕臣たちを敵に回してしまった。虐《しいた》げられた幕臣は様々な悪評や作り話をでっちあげ、幕府の公式記録にも悪口を捏造《ねつぞう》して書き残した。かくして綱吉は今日に至るまで『人より犬を大切にした犬公方《いぬくぼう》』だと罵《ののし》られ続けているわけである。

閑話休題。幕府の開闢当初は、公領での公事を裁いていたのは関東郡代の伊奈家であった。そういう理由があって、関東郡代の役所の置かれた馬喰町には、公事宿が集められていたのだ。そのため、勝訴した公事宿と、敗訴した公事宿がごく近くに隣接している——などという事態が起こってしまうのである。

敗訴した者たちにとっては、勝訴した者たちの賑やかな笑い声を聞かされるのはたまったものではない。

飛車屋の六左衛門も、青黒い顔で歯嚙みして、算盤を何度も弾き違えるようなことになっていたのであった。

六左衛門がイライラを募らせる帳場に、六左衛門の次男、次郎吉《じろきち》がやって来た。二階に通じる階段を足音を忍ばせながら降りてきて、帳場格子に座った父の横にしゃなりと膝を揃えたのだ。

「お呼びですかい、おとっつあん」

次郎吉は二十歳を何年か過ぎた年格好だ。色白でほっそりと痩せている。柔らかいものばかりを食べて育ったので頬骨や顎も細い。目鼻だちにも覇気が乏しく、六左衛門は常々、女形《おやま》のようなツラつきだ、と思っていた。

父である六左衛門は鬼瓦に似た顔だちなのだが、次郎吉は母親に似たらしい。ほっそりとした柳腰の、色白、瓜実顔《うりざね》の女を好んで妾《めかけ》にしたのは六左衛門本人なのだが、まさか母親と瓜二つの息子が生まれてしまうとは予想だにしていなかった。そのうえ性格まで母親に似ている。怠け者で、贅沢《ぜいたく》好みで、色恋沙汰ばかりに熱心で、そのうえ泣き虫だ。男らしい覇気などはまったく持ち合わせていないのである。

(こんな男が、拙《せつ》の倅だとはねぇ……。泣きたくなるのはこっちですよ)

拙の考えが足りなかった——と悔やむことも多かった。

(しかしまぁ、こいつは次男坊だ。跡取りは別にいるから、まだ安心だけどね)

そう自分に言い聞かせて、六左衛門は後悔の念を振り払おうとした。長男の六太郎《ろくたろう》は、まんざら捨てたものでもない男に育ってくれた。公事屋の主として立派に跡を継いでくれるはずだ。親の贔屓目《ひいき》ではなく、そう思っていた。

しかしそれでも次男の行く末は気にかかる。愚かしい子であるから尚更《なおさら》だ。

（次郎吉は、自分の才覚で生きて行ける男じゃあないね。この拙の目が黒い内に、身の立つようにしてやらなくちゃあいけない）

六左衛門は、いつもそう考えていた。

夜の帳場には蠟燭《ろうそく》が灯《とも》されている。六左衛門は、蠟燭の明かりに照らされた次郎吉の細い顔を睨んだ。

「お白州に出るはずだった証人は、どうなったんだえ？　遅くとも三日前には江戸に着いているはずだったんじゃないのか」

卍屋の証人、清瀬孫十郎が勘定奉行所に出頭するより前に、飛車屋が用意した証人（実際には騙り者なのだが）が白州に出てきて、嘘を並べ立てていれば、それで裁決が下りたのだ。荷沢村の勝訴となって、今頃は荷沢村からの祝儀で金箱が埋まっていたはずなのである。

「偽りの証拠を取り揃えるために、騙り者を江戸に送った——って話だったのに、その騙り者が来ないんじゃ話にならない」

憤懣《ふんまん》やる方ない、いまにも嚙みつきそうな顔つきで質したのだが、次郎吉はまったく悪びれた様子もなく、答えた。

「そういやあ、やって来ませんでしたねぇ」

「やって来ませんでしたねぇ――じゃないよ！」

六左衛門はカッと赫怒《かくど》した。

「その騙り者が、さっさとお白州に顔を出して、偽りの証言をしていれば、この公事は拙たちの勝ちだったんだよ！　次郎吉！　この一件は、お前の差配に任せてあったはずだね！　いったいどういうことなんだい！」

父親に叱りつけられた次郎吉は、一転、泣きべそでもかきそうな顔になって、羽織の袖口などをイジイジと弄《いじ》り始めた。

次郎吉という男の日常は、面白おかしく遊んでいるか、失態をやらかして父親に叱られ、メソメソと泣いているかのどちらかだ。六左衛門とすれば、腹が立つやら先が思いやられるやらで、まったく気の休まる暇がない。

「泣いていたんじゃわからないよ！　騙り者を用意するって策も、お前が言い出したから、おとっつあんはお前に任せたんじゃないか！　その顚末がどうなったのか、はっきり物を言いなさい」

「あ、あい……」

「目赤不動前の鬼蔵親分に、加勢を頼んだって話だったね」

「うん。そうなんだよ、おとっつぁん」

六左衛門は莨盆《たばこぼん》を引き寄せると、煙管《きせる》を取り出して苛立たしげに莨を詰め始めた。莨でも吸わないことには、この愚かな息子と会話をし続けることもできない。

「お前がどうして目赤不動前の親分と親しくしているのか――などと、野暮なこたぁ聞かないよ。どうせ、親分の賭場《とば》に入り浸っていた、とかいうような話だろうからね」

すると次郎吉は悪びれた様子もなく頷いた。

「そうなんだよ。目赤不動前の親分さんには、ずいぶんと貸しがあるのさ」

「この馬鹿ッ」

六左衛門は怒鳴った。

「そんなのは〝貸し〟たぁ言わないんだよ。博打《ばくち》で負けて、金を巻き上げられただけじゃないか」

次郎吉は首を竦めた。

「だけど親分は、『飛車屋の次郎吉さんにはずいぶんと賭場で遊んでもらっている、このオイラで役に立てることがあるなら、いつでも力を貸しますぜ』と言ってくれましたよ」

「博打で何両擦られたのかは知らないけどね、力ぐらい貸してもらわなくちゃあ、割りが合わないって話だよ」

「へい……。それであたしはおとっつあんに言われた通りに、親分さんのところに顔を出して、今回の仕事を頼みましたのサ」

「隣村の庄屋の悴に成りすましてくれる騙り者を用意してくれるように頼んだんだな」

「へい。……そうこうするうちに、卍屋のお甲ちゃんが本多右近将監様の御家中だったってぇ、ご浪人様を見つけ出し――」

「何が、お甲ちゃん、だよ」

六左衛門は苦々しげに吐き捨てた。

次郎吉とお甲は幼友達でもある。なにしろ互いの家が近い。しかも公事宿の子供同士だ。互いの家が商売敵だとは知らずに遊んでいた。

「お甲は女だてらに上野国まで乗り込んで、手前の采配で卍屋の下代を動かしたって話じゃあないか。それに引き換えお前はどうだい」

皮肉られて次郎吉は口惜しそうに俯《うつむ》いた。その目には涙がみるみるうちに溜《た》まる。

「あ、あたしだって、精一杯やっていましたよ。目赤不動前の親分に頼んで――」

「そんなのは精一杯やったとは言わないんだよ！　万事他人《ひと》任せで、お前は吉原で遊び呆《ほう》けていただけじゃないか」

お甲の半分でもいい。気概と意気地があったなら、と思わぬでもない。

（いや、卍屋のお甲が良く出来すぎていやがるんだ……）

甲太夫のヤツ、良い娘に恵まれたものだ、と羨《うらや》ましくも思った。

出来の悪い次郎吉は、自分自身の吉原通いについて、グジグジと言い訳し始めた。

「あたしは、お客を案内していただけですよ。田舎のお百姓衆は公事でもなくちゃあ、お江戸には出てこられません。せっかくのお江戸ですからね。お百姓にとっちゃあ、一生に一度の江戸見物でしょう？　吉原に足を運んでいただいて、いい思いをしていただいてさ、その話を田舎で語っていただければ、この飛車屋の評判もあがろうというものですよ。『公事で江戸に上るなら飛車屋に限る』と噂していただければ何よりだ――などと思案してのことなのです」

話を聞いているうちに六左衛門の顔面が朱に染まっていった。

「愚にもつかない屁理屈《へりくつ》を並べるんじゃないよ！　そんな屁理屈がお白州で通るとでも思っているのかい！　おとっつあんを馬鹿にするんじゃないよ！」

口より先に手が出ている。六左衛門は拳骨《げんこつ》でポカリと次郎吉を殴りつけた。

「痛い！　ひどい！」

次郎吉は目に大粒の涙を浮かべた。

「なにがひどいだ！　いいか、理屈ってのはね、相手を納得させなくちゃあ意味がないんだ！　こっちに有利な言い分であろうとも、相手を納得させて〝喜んで〟いただく。いいかい、この喜んで、というところが肝心なんだ！　相手をこっちの口車に乗せて喜ばせることができれば、どんな無理難題でも、相手は喜んで飲んでくれるんだよ！　公事ってのはそういうもんなんだ！」

「はぁ……」

次郎吉は不得要領の顔つきで小首を傾《かし》げている。六左衛門はそんな馬鹿息子に無駄とは知りつつ、説教を続けた。

「逆に、相手を苛つかせる物言いをしたら、相手は頑《かたく》なになっちまって、こっちの言い分なんか意地でも聞かなくなっちまうんだよ！　他人様をイライラさせるお前の物言いは、公事にとっては障りにしかならないんだよ！　わかったか、このっ、このっ」

六左衛門は不出来な息子を何度も殴った。次郎吉は悲鳴をあげて両手で頭をかばいながら屈み込んだ。

「やめて、おとっつあん！」

「馬鹿野郎！　悲しくて、悔しいのは、おとっつあんのほうなんだよ！」

六左衛門は「フンッ」と鼻息を吹いて、どうにか怒りを抑えた。

「それで、目赤不動前の親分は何をしてくれたんだい」

「……あたしが何か言うたびにおとっつあんが殴るから、あたしは何も言いたくないよ」

「殴られたくなかったら、さっさとお言い！」

「わ、わかったよ」

次郎吉は、二十歳を過ぎた大の大人だが、年老いた父親の拳骨に震え上がり、オドオドと語り始めた。

「目赤不動前の親分さんは、手下の男衆に指図して、お甲ちゃんの一行を襲わせたみたいなんだ」

「なんだって」

「もちろん、殺そうとしたのは本多右近将監様のご浪人様だけだよ」

「そうは行くもんかい。卍屋の下代どもも必死に手向かいするはずだ。双方、血の雨が降ったことだろうよ」

「そうなのかい」

「そんな思案もせずに殺しを頼んだのかい、お前は」

「うん」

「とことん呆れたヤツだ。……それで、どうなった」

「親分さんとこの子分さんたちは、お甲ちゃんたちにやっつけられちまったみたいなんだよ」

「なんだって」

「子分さんたちは、御勘定奉行所の御代官様に捕まっちまったらしいんだ」

「御勘定奉行所と卍屋が繋《つな》がってるってことじゃないか！」

「いや……。お甲ちゃんたちが捕まえた子分さんたちを、引き渡しただけじゃないかな……」

「どっちでもいい！　目赤不動前の親分の手下が、卍屋に打ち負けて、代官所に挙げられちまったってことには変わりはない」

「話をまとめれば、そういうことになるね」

「くそっ、道理で騙り者が江戸に上って来ないはずだ」

「庄屋の倅に化けるはずだった騙り者も、代官所に引き渡されちまったのかねぇ」

「捕まったのか、逃げちまったのか、どっちかだろうさ」

六左衛門は僅《わず》かの間、思案していたが、ふいに腕を伸ばすと次郎吉の衿を摑んで衿首をグイグイと絞り上げ始めた。

「な、なにをするんだい、おとっつあん！　くっ、苦しいよ……ッ」

「お前ね！　目赤不動前の親分との関わりは、表沙汰にならないようにしてあるんだろうね！」

「も、もちろんだよ……！　ああいうお人たちは、悪事の頼み人を明かすような真似はなさらないよ」

六左衛門は次郎吉の衿を突き放した。

「それが裏稼業のお人たちなりの仁義ってわけかい」

突き倒された次郎吉は真後ろに転がったまま答えた。

「そうだよ。……おお、苦しかった」

父親に絞められた首を大事そうに摩《さす》っている。

六左衛門は再び莨盆を引き寄せると、莨を詰めたままだった煙管を手に取った。

「卍屋には裏をかかれっぱなしだ」

六左衛門が呟くと、身を起こして座り直した次郎吉が、一丁前の顔つきで頷いた。

「まったくですよ。さすがに卍屋さんは江戸一番の公事宿だ」

「馬鹿野郎ッ」

六左衛門は煙管で次郎吉を打った。博徒の親分が持つような、太くて長い銀煙管だ。

「あっ、痛い！」

「痛い、じゃない！　商売敵を褒めてどうするんだ」

次郎吉は恨みがましい目で父親を見つめた。

「おとっつあんだって、公事で甲太夫さんに勝てた例《ため》しがないじゃないか」

「なんだとッ、言うに事欠いてお前は！」

銀煙管を放り出し、長火鉢を飛び越えて、次郎吉に躍りかかった。ポカポカと拳骨を食らわせる。

「だって、本当のことじゃないか！　痛い痛い！」

「本当のことだから口にしちゃあならないんだよ、この馬鹿ッ」

殴るだけ殴って気が済んだ六左衛門は、元の場所に座り直した。銀煙管を拾って火鉢の炭火で火をつけた。

「今度こそ卍屋に赤っ恥をかかせて、積年の恨みを晴らしてやろうと思っていたのに、この馬鹿のせいで台無しじゃないか」

次郎吉は涙目を懐紙で拭いながら身を起こした。

「今度こそ――って、今度はなにか勝算があったのかい」

「フンッ、そんなことにも気がつかないのか」

六左衛門はプカーッと紫煙を吐いてから、続けた。

「卍屋の二代目は、今、床を上げられる身体じゃないんだよ」

六左衛門には初代の甲太夫の記憶がある。古株の公事師は当代の甲太夫を二代目と呼ぶことが多い。

それはさておき次郎吉は目を丸くした。

「えっ、お甲ちゃんのおとっつあんが病の床に？」

「今年の夏過ぎに床に就いたまま、未だに床上げができていないのさ」

「夏過ぎって……、もう間もなく冬本番だよ。それなのに、ずっとお病みなさったままなのかい」

「おうよ」

「そりゃあいけないよ！　お見舞いに行かなくちゃあ」

「なに、人の好《い》いことを言ってるんだい」

六左衛門は腰を浮かせかけた次郎吉を叱りつけた。

「甲太夫が病んでいる今こそ、卍屋を一気に攻め潰す好機じゃないか」

「へ……、へい」

六左衛門は煙管を燻《くゆ》らせながら、視線を鴨居《かもい》のほうに向けた。

「おとっつあんが思うに、甲太夫の病は中気だ」

「中気……。そりゃあひどい」

「中気も軽ければ、一月ばかりで床上げできるが、二月半も寝ついたままってことは、ずいぶんと重いに違いないと見て取ったよ」

「はぁ」

「おそらく、元の身体に戻ることはないだろうね」

「するってぇと、公事宿のお仕事は――」

「公事師は気の張る仕事だし、時には公領じゅうを走り回らなくちゃならないことだってある。そんな仕事が、できる身体に戻るとは思えない」

「すると、おとっつあん、卍屋さんはどうなるのさ」

「フン。卍屋の行く末を心配してやったって仕方がないんだけどね、ここは一つ、思案のしどころかも知れないね」

「と言うと？」

六左衛門はニヤリと不穏に微笑むと、上目づかいに次郎吉の目を覗きこんだ。

「甲太夫には、総領息子がいないだろ？」

「うん。卍屋さんとこの子供はお甲ちゃんだけだ。あたしも子供時分には、遊びに行ったことがあるから知ってるよ」

「するってぇと、後継ぎはどうなると思う？　甲太夫は生きるか死ぬかの重病で、死ななかったとしても、身動きもままならない身体だ」

「そりゃあ、隠居して、跡取りに宿とお役を譲るしかないだろうね」

「そうよ。しかし息子はいない」

「困ったねぇ……。どうすりゃあいいんだろうねぇ……」

次郎吉は我が身のことのように心配して、不安そうな顔を左右に振った。

六左衛門は答えた。

「お甲に婿を取らせるしかあるまいよ」

次郎吉はパッと明るい顔つきになって、両手を一回打ち鳴らした。

「なるほどねぇ！　そいつは妙案だ。これで卍屋さんの行く末は心配いらない」

「馬鹿か、お前は」

笑顔になった息子を見て、父親は苦虫を噛み潰したような顔になった。

「これこそが、千載一遇の好機だってことに気がつかないのか」

「えっ、どんな好機だって言うんだい」

「やいッ、お前はいつまでこの家の、穀潰《ごくつぶ》しでいるつもりなんだい」

「えっ……」

「お前の兄さんは立派な後継ぎだ。いずれこの宿は兄さんのものになる。そうしたらお前はどうする気なんだ」

次郎吉は「えええ？」と情けない声を漏らした。その顔から血の気がサーッと引いていく。

「あ、あたしに……、この家から出て行けって言うのかい、おとっつあん」

「当たり前だ」

「そんな……。このあたしにいったいどこへ行けって言うのさ。あたしの細腕じゃ大工みたいな職人仕事は到底無理だよ。天秤《てんびん》棒を担いで江戸中を回る商人にだってなれやしない。足が棒になっちまう。炎天下を歩き回ったら、その日の内に倒れて死んでしまうよ」

六左衛門は呆れた。

「そういう性根で、いつまでもこの家の厄介になるつもりでいるから、この好機に気がつかないいんだよ！」

「と、言うと？」

「冷や飯食いの次男坊は、いずれどこかの家に、婿入りするしかないだろう！　それが世間様の道理だ」

「うん」

「そして卍屋には跡取りがいない。娘が一人いるだけだ——ってことになれば、おのずと話の筋道が見えてくるだろうが！」

「あっ！　おとっつあんは、このあたしに、卍屋の婿になれって、そう仰《おっしゃ》りたかったのかい」

「おう。そう仰りたかったんだよ」

「なるほど！　そいつぁ妙案だね！　このあたしが卍屋の主人になれば、卍屋は三日で潰れる。これで江戸一番の公事師は、飛車屋のおとっつあんだ」

「そうじゃないだろ、馬鹿。お前が卍屋の主人になって、おとっつあんと二人、飛車角揃い踏みで江戸の公事宿仲間を牛耳ってやろうって話じゃないか」

「ああそうだったのかい」

「なんだよ、その不服そうなツラは」

「いえね、卍屋を潰すのなら簡単だと思ったんだけど、おとっつあんのお話だと、卍屋の主人になってからも気を入れて働かなくちゃならないみたいじゃないか。なんだか面倒臭そうだなぁ、と思ってさ……」

「お前はどこまでろくでなしなんだ、このッ」

「あっ、ぶたないで！」

「ぶたれるのが嫌なら首を絞めてやる！　このっ、どうだ、思い知ったか！」

「ぐっ、苦《ぐる》じい……！」

六左衛門は再び次郎吉を突き転がした。

「伊達《だて》に親子の縁を二十年以上も結んでいたわけじゃない。お前に公事師の才覚がないことはわかってるさ。お前が卍屋に婿入りした暁には、気の利いた下代をつけて送り込んでやるから心配いらない」

「ゲホッ、ゴホッ……。有り難いお話……」

六左衛門はまた、火鉢の向こうに座り直した。

「まずは公事宿仲間を動かさなくちゃならない」

次郎吉もようようにして身を起こす。

「公事宿仲間？　江戸の公事宿の主たちの寄合かい」

「そうだ。公事宿はお上から株を下げ渡されて初めて成り立つ仕事だからね。しかも公領の公事を預かる大事なお役目だ」

「うん」

「公事宿に婿入りする者は、公事宿の務めを知り尽くしている者でなくてはならない」

「公事師としてお上の公事をお助けしてるんだから、当然だね」

「おう。貧乏長屋の与太郎とお美代じゃないんだからな。惚《ほ》れた腫《は》れたで好き勝手にくっつくわけにはいかないんだ」

「うん」

六左衛門は片手で顎など撫でながら、不敵な笑みを息子に向けた。

「お甲に婿を取らせるとなりゃあ、公事宿仲間が集まって話をつけるより他にない」

同業者の顔役たちが会議を開いて、一方的に婿を定めるのである。

公事宿の公事師は今日の弁護士に相当するが、江戸時代には法律を学ぶ学校などは存在していない。すべてが世襲である。

　江戸の公事宿すべてが、幕府より命じられた公事の役目を果たすことのできる水準を維持していなければならない。その水準を維持するために活動しているのが、公事宿仲間なのだ。公事宿仲間は、公事宿に婿が入る際には、その婿が公事師としての人格と見識を十分に備えているかどうかを審査する義務がある。入婿が水準に達していない場合、あるいは婿をなかなか取ろうとしない場合などは、「これぞ」と思う人材を婿として送り込んでしまうのだ。

「お甲に否やは言わせないよ」

　それがこの時代の風習であった。

　しかし次郎吉は思案顔だ。

「だけどねぇ、おとっつあん。公事宿仲間がこのあたしのことを、卍屋の婿に相応《ふさわ》しいと考えるだろうかねぇ？」

　まるっきり他人事、という顔つきで首を捻っている。

「馬鹿野郎！」

　またしても六左衛門が激怒した。

「どうあっても婿になるんだよ！　その意気込みがなくてどうする！」

「あっ、やめて、ぶたないで」

とうとう次郎吉は父の座敷から逃げ出した。その後ろ姿に向って六左衛門が怒鳴った。

「付け焼き刃でいい！　明日っから公事師の修業だ！　公事宿仲間の前でだけ、それらしく見せることができればいいんだ！　吉原だの深川だのに遊びに出掛けたりしたら承知しないぞ！」

「へぇい」

次郎吉の情けない返事が、廊下の奥から聞こえてきた。

「……まったく、なんてぇ餓鬼を産んでしまったんだろう」

六左衛門はため息をついて、煙管の莨を詰め直した。

二

翌日の昼前、公事宿『卍屋』の帳場格子で、下代の菊蔵が算盤を弾いていると、表通りに面した暖簾《のれん》を払って、一人の男が土間の中に入ってきた。

菊蔵はチラリと片目を上げて入ってきた男を見た。表通りは明るく、帳場は暗い。表道には水が撒かれていて、陽光を眩《まぶ》しく反射させていた。男の姿は真っ黒な影になっていて、人相を見て取ることが難しかった。

公事宿は公事のために江戸に上ってきた百姓や町人を泊めるための宿だ。愛想は良くない。普通の宿のように客を呼び寄せることもしない。「いらっしゃい」の声も掛けずに菊蔵は、射るような視線を男に向けた。

「おっと……」

そしてようやく、男の人相を見定めて、帳場格子から立ち上がった。

「これは淀屋《よどや》の旦那様。……今月は淀屋さんが公事宿仲間の月番肝入りでしたか。これはこれは、よく足をお運びくださいました」

淀屋市右衛門《いちえもん》は、でっぷりと肥えた五十絡みの大男で、肌の色が青黒い。いかにも不摂生に祟《たた》られたような弛《たる》んだ皮膚をしていた。ガマガエルに似たその顔が逆光になって、ますます黒々として見えた。

淀屋は菊蔵に笑顔を向けられて、少しばかり不快そうな顔をした。菊蔵はいかにも古株の公事師らしい、癖のある面相をしている。微笑みかけられても好い気分になる顔つきではなかった。

「同じ町内に住んでいて『よく足を運んだ』もないもんだよ」

「いや、これは恐れ入ります。手前も仕事柄か、心にもないお追従《ついしょう》ばかり言うのが癖になっていましてねぇ」

「それじゃあ本音をぶちまけすぎだよ」

「さぁ、どうぞ、お上がりになってくださいまし」

そう言いながら菊蔵は、チラリと淀屋の足元を見た。淀屋は日和《ひより》下駄を履いている。歩く距離も短いので足は汚れていない。足袋を換える必要も、足を濯《すす》ぐ必要もないだろうと判断した。

淀屋は一階の客間に通された。大切な客を通すための座敷だ。普段は誰も使っていないが、公事の客が大勢押しかけてきた際には、客を寝泊まりさせることもあった。

淀屋が樽《たる》のように太い身体を苦労して折って座ると、菊蔵は畳に両膝をついて、いそいそとすり寄った。

「お莨はいかがで？」

そっと莨盆を差し出す。それから両手を叩いて、台所向きの下女を呼んだ。

「お里《さと》、お茶を持っておいで。大事なお客様だよ」

台所で下女が「はーい」と返事をして、やがて湯呑茶碗を盆にのせて入ってきた。

お里は十七歳の、年齢のわりには気働きのできる娘だ。容色も悪くない。

旅籠《はたご》で働く女たちは時として遊女を兼ねていることがあったが、公事宿の女は決して身体を売らない。売ってはならない定めになっていて、違反すると公事宿の主人が勘定奉行所や関東郡代役所からのお叱りを受けることになる。

お里は明るく、小気味良く働く娘であった。誰が見ても気に入ってしまう愛嬌《あいきょう》の持ち主なのだが、それでもやはり淀屋は不機嫌な顔つきのままであった。

淀屋のご機嫌をとろうという当てが外れた菊蔵は、お里に向って視線と手振りで下がるように命じた。お里もただならぬ気配を察した様子で、お盆を抱えてオドオドと退出していった。

菊蔵は懐から手拭いを出して、額の汗など拭う素振りをしてから、言った。

「お甲は間もなく参りますので、暫《しば》しお待ちを……」

淀屋は茶を一口、二口、すすってから、菊蔵にジロリと目を向けた。

「あたしはお甲さんの顔を見るために寄らせてもらったんじゃあないよ。主の、二代目甲太夫さんにお会いしたくてやってきたのさ」

「はい」

菊蔵は内心、白刃を突きつけられたかのような心地だったのだが、公事で鍛えたお惚《とぼ》けを発揮して、素知らぬ態で答えた。

「主の甲太夫は病で臥《ふ》せっておりますので、お話でございましたら、名代のお甲が承りますが……」

淀屋は「フン」と鼻を鳴らし、それから大きく紫煙を吐き出した。

「御名代も結構だけどねぇ、二代目さんがお倒れなすってから、もうどれほどになるかね」

「はぁ。おおよそ、二月半ほどかと」

淀屋はギロリと菊蔵を睨んだ。

「それで、二代目さんのご容態は、どうなんだい」

「はい」

菊蔵は無意識に額の汗を拭いそうになって、慌ててその手を引っ込めた。そして精一杯の笑みを満面に浮かべた。

「先日、御勘定奉行様にも申し上げましたが、日々静養に努めておりまして、日に日に快方に向っておるところでございますよ。はい」

しかし淀屋は納得した気配を見せない。ますます剣呑《けんのん》な目つきで菊蔵を凝視した。

「菊蔵。お前さん、気をつけて物をお言いなさいよ。この淀屋も江戸ではそれと知られた老舗《しにせ》の公事宿だ。お白州じゃあ、お百姓衆の嘘やまやかしを見抜くのが稼業ですよ。その淀屋の目を、誤魔化せるなんて思っているのかい」

「い、いいえ、誤魔化そうなんて、そんなつもりは毛頭ございません」

淀屋は吸いきって火の消えた煙管の雁首《がんくび》を、莨盆の灰吹きに打ちつけた。カンッと乾いた音が座敷じゅうに響きわたった。

「二代目さんがお倒れなさってから、あたしら公事宿仲間の者がいかに懇請しても、お前たち卍屋の者は、病床の二代目さんに会わせようとはしなかったね」

「そ、それは、お医者の内山明斎《うちやまみようさい》先生が、仕事の話などさせると、また頭に血が上っちまうから良くない、って仰いましたもんで……。手前どもはお医者の言いつけに従っていただけなのでございまして……」

「それにしたって、二月半も寝たきりってのは奇怪しい」

淀屋は炯々《けいけい》と鋭い眼光で、菊蔵の眼を、その心底までをも探るように覗きこんできた。

「二代目さんはもう、二度と起き上がれない身体になっちまったんじゃないのかい。あたしら公事宿仲間の者たちは、みんなそんなふうに勘繰っているんだけどね」

「と、とんでもねぇ！　うちの旦那は、もう間もなく床上げができるって――」

「もう二月半も前からお前さんがたは、あたしら公事宿仲間に、そう言ってきたけどね、いつまで経っても二代目さんは元気なお姿を見せないじゃないか。ええ？　あたしらの辛抱にだって限りってもんがあるよ。どうなんだい。今日という今日は、はっきりしたことを聞かせてもらおうじゃないか」

淀屋が肥満体を震わせ、ガマガエルに似た顔をどす黒く染めて凄んだ、その時であった。

「お待たせいたしました」

お甲が静々と座敷に入ってきて、きちんと両膝を揃えて座ると淀屋に向って深々と低頭した。

「甲太夫が名代、お甲にございまする。本日は公事宿仲間のお務めで足をお運びくださいましたとのこと、心より御礼申し上げまする」

今日のお甲は黒髪を島田に結い上げて、初冬らしく、薄の絵が染められた小袖を着ていた。櫛も簪《かんざし》も帯も、至って質素な拵《こしら》えなのだが、お甲自身の清冽《せいれつ》な美貌をまったく損ねてはいなかった。華美な着物や装飾品などは、かえってお甲には似合わない。簡素な佇《たたず》まいの中にも凛然《りんぜん》とした美しさを感じさせる、そういう女なのだ。

淀屋も挨拶を返した。

「お甲さんは昨今一段と美しくなったと公事宿仲間でも――いや、ゴホン」

お甲の美貌に見とれていても始まらない。軽く咳《せき》払いなどして、座り直した。

「ああ、お甲さん。今、菊蔵とも話をしていたところなんだがね、お前さんのおとっつあん、つまり二代目甲太夫さんは、いったいどうなっておられるのか、とね。せめて一言、二言、挨拶ぐらいはさせてもらえませんかねえ」

お甲は、まったく動揺した様子も見せずに、ゆったりと微笑んで僅かに視線を伏せた。

淀屋はお甲の顔つきや居住まいの変化を僅かでも見逃すまいと、視線をきつく凝らしている。

お甲は落ち着いた口調で答えた。

「手前の父は、確かに快方に向かっておりまする」

「どこにおられるのだ、二代目さんは」

お甲は目を上げて、真っ正面から淀屋の視線を受け止めた。

「小梅村の寮で、養生専一に努めておりまする」

小梅村とは隅田川の東岸にある農村だ。朱引きの内（江戸府内）だが長閑《のどか》な田畑や野原が広がっていた。豊かな町人たちは野原を買って、そこに寮（別邸）を建てて所有していた。

「手前の父、甲太夫は、今が一番大切な時。今、養生を怠ると、またしても病がぶり返しかねないと、内山先生が仰っておられまする」

お甲は畳に両手をついて低頭した。

「なにとぞ、病人を哀れと思《おぼ》し召して、手前どもの我《わ》が儘《まま》をお聞き届けくださいませ」

すかさず菊蔵もお甲に並んで頭を下げた。

「なにとぞ、今しばらくの間、お甲の名代をお許しくだせえやし！　この菊蔵を始めとして、下代どもが誠心誠意、支えて参る所存にございまする！　淀屋様には公事宿仲間の皆々様に、どうぞよろしくお伝えくださいますよう、伏してお願い申しあげやす！」

深々と頭を下げたままの主従を目にして、淀屋は苦々しげに唇を歪めさせた。

そしてまた、莨を煙管に詰め始めた。

「そりゃあまあ、他ならぬ卍屋さんの頼みだ。頭を二つも下げられたら、否とは言えませんよ」

「アッ」と菊蔵が、歓喜に笑み崩れた顔を上げた。

「ありがとうございやす」

それには答えず淀屋は、お甲に鋭い一瞥を投げた。

「だけどねぇ、それならそれで、別の打つ手もあろうというものだけどねぇ」

お甲は顔を上げると、その美貌を僅かに傾げた。

「別の打つ手――でございますか」

「そうさ」

淀屋はプカリと紫煙を吐いた。

「甲太夫さんは二月半も寝たきりだったんだ。病が癒《い》えたとしても、それですぐに、公事師のお役が務まるってもんでもないだろう」

「と、仰いますと？」

「重い病で寝ついたお人はどうしたって、元の身体には戻れないもんさ。お前さんに語って聞かせるのも釈迦《しゃか》に説法ってもんだろうがね、公事師の役目はきつい。お奉行所からの差し紙を持って、関八州の隅々にまで足を運ばなくちゃならないこともある」

差し紙とは、公事の関係者や証人を江戸に召還するための令状で、勘定奉行所などの役所は、差し紙を公事宿に下げ渡す。下げ渡されたらそれは命令と同じだ。公事宿は差し紙に指定された人物を探し出し、差し紙を手渡さなければならなかった。

ちなみに召喚の期限は実にのんびりとしたもので、『稲刈りが終わってからでもよい』などと書かれていたらしい。幕府は公事よりも年貢の取れ高を優先していたからだ。そして公事宿の者はよほど切羽詰まった公事でない限り、差し紙を手渡したら、稲刈りが終わるのを待たず、江戸に戻ってしまってもよかった。

公事宿は幕府から特権を付与された〝見做し役人〟であるから、その責務も相応に重い。

淀屋は視線を余所《よそ》に向け、莨の煙を吐きながら続けた。

「卍屋の甲太夫さん、初代と二代目の、これまでの見事なお働きを思えば、とかくのことは言いたくないけれど、あたしにだって公事宿仲間肝入りとしての役目がある。公事宿全体を守るためには、言いたくないことも言わなくちゃならない」

「言いたくないこと――ですか」

お甲は深刻な顔つきで淀屋の口許を見つめた。肉の厚い唇は、縁が紫色の不健康そうな色合いで、妙にヌメヌメと濡れていた。

「あんたも二代目さんのご名代だ。こんなことは言わずともわかっているのだろうけれど、いずれどうでも二代目さんには隠居をしてもらわなければならないよ」

「隠居……」

淀屋は目を上げてお甲をジロリと見つめた。

「公事宿の仕事を果たせないのなら、それは、お上との約定を破るのと同じことだ。

お上に対して申し訳が立たない。あたしら公事宿仲間だって、黙って見過ごすわけにはいかないんだよ。わかるだろ」

淀屋は一瞬言葉を切って、言うか言わないか迷ったような表情を浮かべてから、続けた。

「公事師の務めも果たせないのに公事宿の看板を掲げていられたら、あたしら公事宿みんなの体面に傷がつく。公事宿みんなの信用が損なわれるんだ。そんな恥知らずな真似を許しておくわけにはいかない」

「恥知らずとまで仰いますかい」

菊蔵が気色ばんだ。菊蔵も若い頃には名うての暴れ者として知られていた。おまけに二代目甲太夫に心服している。二代目甲太夫を侮辱され、カッと頭に血が上ったら何をしでかすかわからない。

「おやめ」

お甲は菊蔵の袖を摑んで軽く引っ張り、自制を促した。

淀屋は海千山千の公事師で、血の雨が降るような論争をいくつも仲裁してきた男だ。下代ごときが凄んだところで屁でもない。素知らぬ顔で煙管を咥《くわ》えている。

「あたしは、二代目さんに恥をかかせたくないから、『綺麗《きれい》に身を引いたほうがいいよ』と忠告しているだけさ。この気持ち、わかってくれるね」

「有り難いご厚情にございます」

お甲は、腹の内は別にして、表向きは素直に頭を下げた。

淀屋はフーッと煙を長く吐いた。そして厭味《いやみ》な視線をお甲に向けた。

「二代目さんに総領息子がおありなさるのなら、なにも難しい話はいらない。だけど二代目さんの子は、あんただけだ」

「はい」

「ということになると、あんたが婿取りをしなくちゃならないことになる」

お甲と菊蔵に緊張が走った。

「婿取り……でございますかえ」

菊蔵が険しい声音で確かめた。淀屋は素知らぬ顔つきで頷いた。

「無論のこと、その婿殿は公事宿の稼業に通じた者でなくてはならないよ。なにしろ卍屋さんの後継ぎだ。関八州にその名を轟かせた名公事師、卍屋甲太夫の三代目を襲名しようかというお人だ。あたしら公事宿仲間としても、そんじょそこらの男に卍屋を継がせるわけにはいかない。公事宿仲間が承服しないよ」

お甲と菊蔵は、緊迫しきった顔つきで淀屋の次の言葉を待った。

淀屋の分厚い唇が開いた。

「飛車屋の六左衛門さんが、お甲ちゃんの後見になってもいい——と言っている」

お甲は目を瞬《また》かせた。

「後見でございますか」

「そうだ。……つまりね、要するにだね、飛車屋さんの次男坊の、次郎吉を、卍屋の後継ぎにしたらどうか——ってえ話なのさ」

「ええっ」

声を張り上げたのは菊蔵だ。お甲は呆れてものも言えない。菊蔵が膝を滑らせて淀屋に詰め寄った。

「よ、よりによって、あの遊び人の唐変木ですかい！」

「おいおい、その物言いは飛車屋さんに失礼じゃないか。この話を持ち込んだあたしに対しても失敬だ」

「へ、へい……」

菊蔵は首を竦めて引っ込んだが、しかし到底承服したようには見えない。

淀屋は吸いきった煙管を手に持ち換えながら言った。

「あたしたちの耳にだって、次郎吉の噂はいろいろと入ってきている。しかしマァ、飛車屋の六左衛門さんが後見に就くというのなら、心配はいらないだろう」

そしてお甲に目を向けた。

「どうだね。この話は」

お甲は「即答はできかねます」と返した。

「まあそうだろうね。お前さんにとっては一生の大事だ。とっくりと思案なされるのがよいよ」

「ありがとうございます」

淀屋は「フン」と鼻を鳴らした。

「あたしだって伊達に公事師の看板を掲げているわけじゃあない。あんたたちの顔色を見れば、その腹の内が『不承知』だってことは読めるさ。だけどね」

淀屋は鋭い眼光でお甲を睨んだ。

「これは公事宿仲間の総意だ。あたしらが鳩首《きゅうしゅ》して、これがいちばん良かろうと決めた話だ。断るのなら断るで、それなりの筋は通してもらわなくちゃならないよ」

「と、仰いますと」

淀屋は煙管の灰を落とし、羅宇《ラウ》に詰まったヤニをプッと吹くと、腰帯に吊《つ》るした莨入れの中に煙管をしまった。

「あんたたちが別の後継ぎを立てたいって言うのなら、それもよいだろう。だけどその場合には、あたしたち公事宿仲間の皆を納得させるような、そんなご立派な跡取りを用意してくれなくちゃいけない……ってことさ」

言うだけ言うと、淀屋は腰を浮かせた。

「それじゃあこれで失礼するよ。色好い返事を待っている。くれぐれも言っておくけれど、卍屋さんは江戸でも指折りの公事宿だ。その婿取り話となれば、公事宿仲間ばかりか、お上にだって顔向けができるようにしなければならない。身勝手が許される話じゃないからね」

淀屋は長々と言い渡すと、表店のほうへ勝手に歩んでいった。

沓《くつ》脱ぎ石に揃えてあった日和下駄に足指を通す。菊蔵は先回りをして、暖簾を払った。

淀屋は肥満しきった腹を揺すりながら表道に出た。お甲と菊蔵も通りに出て、淀屋の背中が見えなくなるまで見送った。

「菊蔵」

お甲が通りの先に目を向けたまま言った。

「塩を撒いておいて」

「へい」

菊蔵が暖簾をくぐって台所に向った。お甲は、宿屋の奥にある自分の座敷に戻り、憤然として腰を下ろした。すぐに菊蔵が顔を出す。小脇に塩壺《しおつぼ》を抱えたまま、お甲の前に両膝を揃えた。

「お嬢さん、これは容易ならねえ話ですぜ」

「わかってる」

「飛車屋の六左衛門め、どうやら金で公事宿仲間を籠絡《ろうらく》したらしいや。なにが『公事宿仲間が納得できる後継ぎ』だ！　なにが『お上に顔向けできる』だ！　飛車屋の次郎吉みてぇな与太者の何を見て、そう抜かしていやがるんだ！」

菊蔵は鬼瓦のような顔を真っ赤に染めた。

お甲もたいがい腹に据えかねていたのであるが、菊蔵がやたらと派手に立腹したので、かえって冷静さを取り戻すことができた。

（そう。ここは冷静に立ち回らなければ、相手の術中に嵌《は》まる……）

頭に血を上らせていては、見えるものまで見えなくなる。考えればわかることまで考えられなくなってしまうのだ。

（あたしも公事師の端くれだもの……）

詐術まがいのやり方で相手を屈伏させ、手玉に取るのが公事師の戦いだ。黒い物でも白いと言い張り、白い物でも黒いと言い張る。黒い物を『これは白いです』と言い聞かせ、お上の役人に『なるほど、一見して黒いようだけれども、なにやら白いように思えてきた』などと言わせれば勝訴なのだ。

（次郎吉ちゃんには、とうてい公事師など務まりそうにないけれど……）

お甲は幼なじみの次郎吉の人となりをよく知っている。

それでも、公事宿仲間の重役たちや勘定奉行所などが『次郎吉は卍屋の婿に相応しいように思えてきた』などと言い出したら、それで最後だ。負けなのだ。

負けてはなるものか、とお甲は自分に言い聞かせた。

菊蔵はなおも歯嚙みをして悔しがっている。

「うちのお頭さえ御達者なら、飛車屋なんかに好き勝手はさせておかねぇのに」

お甲の耳には辛《つら》く聞こえる言葉だ。二代目甲太夫は頼りになるが、その名代のお甲は頼りにならない。無意識にそう言っている。菊蔵が迂闊《うかつ》に漏らした本音であろうから、よけいに鋭く、お甲の胸を刺した。

（確かに、おとっつあんならこんな時、飛車屋の策を見透かして、先手を取って、何倍もの仕返しをしただろうに……）

二代目甲太夫の知謀は飛車屋六左衛門のそれを遥《はる》かに凌ぐ。

（ただし、おとっつあんが健在なら、ってことだ）

二代目甲太夫が健在ならば、飛車屋六左衛門は怖じ気をふるって尻尾を巻いて、間違ってもお甲の婿取り話などに首を突っ込んできたりはしないであろう。

（つまりはあたしが舐《な》められている、ってこと）

お甲は唇を嚙んだ。

（それにしても飛車屋さんは、いつの間に公事宿仲間に手を回していたのだろう）

こっちが公事に勝って浮かれている間に、あちらは着々と裏で攻勢に出ていた、ということか。

（油断した）

このままでは本当に、次郎吉を婿に迎えることになってしまう。

（そんなのは嫌！）

お甲は両目をきつくつぶって、首を左右に振った。

「お嬢さん」

「え……？」

菊蔵がジッとこちらを見つめているのに気づいて、お甲は我に返った。菊蔵がお甲に質してきた。

「それでこの件、如何取り計らいますか」

「如何と言われても……、次郎吉ちゃんを婿に迎えるのは嫌——いいえ、お甲としてではなく、二代目甲太夫の名代として物申せば、飛車屋の次郎吉さんが卍屋の婿に相応しいとは思えません」

お甲は、菊蔵が「その通りですぜ！」と熱烈に賛同してくれるものと思っていた。

ところが、菊蔵は物言いたげな顔つきで俯いてしまった。

不安がお甲の胸を過《よぎ》る。

「な、何か、言いたいことでもあるの……？」

「へ、へい」

「それなら言って聞かせて頂戴。菊蔵は卍屋の一番下代だもの、遠慮はいらないわ」

「へい」

それでも菊蔵はしばらく口ごもっていたが、やがてチラリと上目づかいになって、お甲に視線を向けてきた。

「お嬢さんがどんなに望まれても、相原の旦那は、身分違い――」

「言わないで！」

お甲は瞬時に身体ごと横を向いた。菊蔵はため息をもらした。

「やっぱり、口にしちゃあならねえ事でしたか。面目ねえ」

気まずい空気が座敷を包み込んだ。お甲は余所を向いたまま、菊蔵に言った。

「策を練ります。しばらく一人にしておいて」

菊蔵は「へい」と低頭して座敷を出た。廊下に膝をついて襖を閉める。菊蔵の足音が表店のほうに遠ざかるのを耳にしながら、お甲は深い溜息《ためいき》を吐き出した。

三

夜、竜閑川《りゆうかん》の掘割を一艘の猪牙舟《ちよきぶね》が進んできた。

月光がさざ波を煌《きら》めかせている。銀の砂子をまぶしたような川面《かわも》の上で、猪牙舟は真っ黒な影になっていた。

船頭が棹《さお》をさすと、舟はゆっくりと舳先を巡らせて、掘割に突き出た桟橋に着けられた。

舟に乗っていた客は、船頭に舟賃と心付けを渡して、桟橋に降り立った。船頭が、

「吾妻屋《あづまや》さん、お客だよ」

と声を掛ける。桟橋の向こうに建つ船宿から、提灯《ちようちん》を手にした女将《おかみ》が土手を下って迎えに来た。

「これはこれは相原様」

四十過ぎの女将が、何もかも心得ている、という顔つきで低頭した。

「お足元にお気をつけて」

提灯で客の足元を照らしながら河岸の土手に造られた石段を上った。

勘定奉行所の支配勘定、相原喜十郎は、山岡頭巾を懐から出して被り、その面相を隠した。江戸市中では防犯のため、夜中に覆面の類を被ることは禁じられている。しかし密《ひそ》かに船宿に出入りするのに、素顔をさらしたままというわけにもいかなかった。

船宿には表からではなく台所口から入った。先導するのは女将だ。相原はそれほどまでの上客、あるいは馴染《なじ》み客なのだ。お陰で船宿を使う別の客には姿を見られずに済んだ。

相原は台所の土間を進む。板前や仲居たちがチラリと会釈を寄こしてきた。相原は台所を抜けて、船宿の中庭に出た。

「お連れ様は、あちらのお離れでお待ちにございます」

女将はそう言って、相原に提灯を手渡すと、自分は素知らぬ顔つきで台所へと戻った。ここから先のことには一切関知しませんよ、と、態度で示したのだ。

暗い庭の向こうに離れ座敷が建っている。母屋《おもや》からは完全に切り離されており、渡り廊下さえない。踏み石を踏んで行くしか道はないのだ。相原喜十郎は夜露に濡れた踏み石を伝って、離れ座敷の戸口に向かった。

入り口は三和土《たたき》になっていて、沓脱ぎ石が置かれていた。相原は石の上で雪駄を脱ぐと、上がり框《かまち》から座敷に上がった。

「お甲殿、喜十郎でござる」

一声掛けて、障子戸に手をかけた。スルリと開くと座敷の中から、お甲の息づかいが聞こえてきた。

「お甲殿」

喜十郎は障子戸を閉めるのももどかしく、座敷の中に踏み込んだ。お甲は行灯に照らされて、座敷の奥に座っていた。

「喜十郎様」

お甲が視線を向けてきた。喜十郎は腰の長刀を鞘ごと抜いて、刀掛けに置き、お甲の側《そば》に片膝をついた。

すぐに二人は無言で抱き合った。

「お甲殿、会いたかった」

「喜十郎様、わたくしも――」

手と手を握り合い、熱烈な視線を交わし合う。

奥の座敷に通じる襖は、僅かに開かれている。奥座敷の壁は朱色に塗られ、桃色の紙が張られた雪洞《ぼんぼり》が妖しい光を放っていた。

二人は手と手を携えて隣の座敷に向う。そして再び抱き合って、そのまま布団の上に、音もなく倒れ込んだのであった。


喜十郎が汗に濡れた裸体を拭いもせず、布団のうえに腹這いになっている。枕元には銚子と盃《さかずき》が置かれていた。手酌で酒を注《つ》いでは、一気に呷《あお》って冷たい酒を喉に流し込んだ。

お甲は喜十郎に背を向けて鏡台に向かい、乱れた髪を櫛ですき上げている。黒髪を簪で留めて纏めると、肌襦袢《はだじゅばん》をそっと肩まで引き上げた。

喜十郎はお甲の姿を横目で見て、少しばかり口惜しそうに顔を歪めた。

「お甲、今夜そなたが拙者を呼んだのは――」

この船宿を指定して、喜十郎を招いたのはお甲のほうであった。一口に船宿と言ってもピンからキリまである。離れ座敷を備えた吾妻屋は格の高い店構えで、それなりに金がかかってしまう。支配勘定という役職は、聞こえだけは厳めしく、身分も高そうなのだが、その実、家禄は百石程度の貧乏御家人でしかない。高級な船宿の座敷を借りるだけの財力はなかった。

相原喜十郎は、お甲が購《あがな》ってくれた酒を飲む。美酒ではあるが苦い酒だ。相原は盃を膳にコトリと音を立てて置いた。

「今宵、拙者を招いてくれたのは――」

同じ言葉を繰り返す。

「そなたの、婿取りに関わりがあってのことか」

お甲の肩がビクッと震えた。背を向けたまま訊ね返した。

「どこから、その話をお聞きなされましたか」

「どこからと申して――」

喜十郎は再び盃を手に取った。酒でも飲まねばやりきれない。

「公事宿仲間がお奉行に上申して参ったのだ」

「公事宿仲間が、御勘定奉行様に」

「口上はこうだ。卍屋主人の二代目甲太夫は病篤《あつ》く、公事宿のお役目を果たすことがとうてい叶わぬ身となり申した。よって早急に後継ぎを定めるべく協議した結果、飛車屋の次子、次郎吉を婿に定めるのがよろしかろうと——」

「よろしくはございませぬ！」

鏡台を向いていたお甲が振り返った。

「わたしが飛車屋の次郎吉の嫁になっても、よろしいのでございますか！」

思いがけぬ激しさで問い詰められ、喜十郎は思わず身を起こした。

「よいはずがない。そなたを誰にも渡したくはない」

そう言いながらも喜十郎は、今の逢瀬《おうせ》が永遠に続くとは思えないでいた。心のどこかで（俺は勘定奉行所の役人。お甲は公事宿の娘。端《はな》から身分違いの恋。どうあっても添い遂げることのできぬ身だ）と、理解してもいたのである。

（残酷な話だ）

どれほどに恋い焦がれ、互いに求めあっても、身分の壁が二人の間に立ちはだかっている。この壁を乗り越えることができない限り、二人が結ばれることは決してない。

（それはお甲もわかっておるはず）

わかったうえで、この婿取り問題をどう片づければいいのか、相原喜十郎には思案もつかない。

「お甲、そなたはどうしたいのだ」

喜十郎は率直に訊ねた。

「我ら勘定奉行所の者たちが、卍屋に期する思いは一つ。〝卍屋が公事宿としての責務を果たしてくれること〟だ。そのためには確かに、しかとした主がいる必要がある」

あるいはお甲が激怒するのでは、と案じながら喜十郎は続けた。

「そなたが名代として見事に働いておることは知っている。お奉行とて知っておられる。しかしやはりそなたは女人。公事宿の主を任せることはできぬのだ」

お甲は喜十郎の目をしっかり見据えながら、答えた。

「飛車屋の次郎吉では、卍屋の主は、もっともっと務まりませぬ」

「で、あろうな。勘定奉行所も次郎吉の人となりは調べた。いささか、信を置くに足りぬ人物だ」

「ならば――」

「されど、飛車屋の六左衛門が後見に就くという」

「また、その話」

「そればかりではないぞ。お奉行が『次郎吉でもよし』となされた根拠は、そなたにあるのだ」

「なにを仰せにございましょう」

「わからぬのか。お奉行は、『次郎吉が主人となろうとも、お甲が内助の功を発揮するならば、きっと公事宿の務めが果たせるはず』と、こう仰せになられたのだ」

「なんと……」

　さしものお甲も絶句した。呆れ果てたという顔つきになった。

「それならば、次郎吉ちゃん――否、次郎吉は飾り物。わたしが卍屋の主でもよろしいではございませぬか」

「それでは公事宿仲間が納得せぬ」

「喜十郎様は、お甲が次郎吉のような男の妻になっても構わぬと仰せにございまするか」

話が最初に戻ってしまった。喜十郎には返事のしようもない。

（所詮は叶わぬ恋なのだ……）

こうして愛し合ってしまったこと自体が何かの間違い――とは、思いたくはないが。

するとその時、お甲が決然として、視線を向けてきた。

「お甲には良案がございます」

「ほう？　それは、どのような」

「わたしが婿を取ることもなく、公事宿仲間からも掣肘《せいちゅう》を受けることのない、窮余の一策があるのでございまする」

「どのような策なのだ」

お甲はニンマリと微笑んだ。

「卍屋甲太夫の三代目に、登場を願うのです」

「甲太夫の三代目？　親戚筋から養子を入れようという魂胆か？　しかしそれでは公事宿仲間の老人たちを納得させるのは難しかろう」

「そこを納得させるのです」

「どうやって」

　お甲は自信ありげに微笑んだ。

「卍屋甲太夫の三代目に、公事宿仲間をも瞠目《どうもく》させ、あれこれ口を挟むことを遠慮させるほどの大手柄を立てさせるのです。それも、矢継ぎ早に」

　相原喜十郎は、お甲が何を言わんとしているのか理解できずに首を傾げた。しかしお甲はあくまでも自信満々に微笑むばかりであったのだ。

第三章

一

上野国の山塊から流れ落ちてくる利根《とね》川と、下野国《しもつけのくに》より流れ下る思《おもい》川、渡良瀬《わたらせ》川とが合流し、大きな渦を巻いている。ここは下野国南部に広がる渡良瀬の湿地帯だ。見渡す限りの葦の原が、風に揺られてうねっている。西の地平には大きな夕陽が没しようとしていた。葦の根元で沼の水がさざ波となって、夕陽を眩しく反射させていた。

葦の原をかき分けるようにして、三艘の小舟が南からゆっくりと進んできた。先頭の舟には、饅頭笠を被り、茄子紺《なすこん》色の被布《ひふ》を着けたお甲が座っている。低く身を伏せて葦の葉陰に姿を隠しながら、行く先に鋭い視線を向けていた。

お甲の背後には一番下代の菊蔵が控えている。襷《たすき》で袖を絞り、下半身は裁《た》っ着《つ》け袴に草鞋履き。着物の袖や袴の裾が邪魔にならない姿をとっている。凄みの利いた顔だちに不敵な笑みを浮かべて、お甲の肩越しに、行く手の様子を探っていた。

さらには卍屋の男衆たちが数名ずつ、三艘の舟にそれぞれ分乗していた。揃って殺気立った顔つきだ。

人の満載された舟は重い。船頭たちは力一杯に足を踏ん張って櫂《かい》を操っている。櫂の軋《きし》む音が響くたびに、三艘の舟は、渡良瀬の湿地の奥へと進んでいった。

「どうです。広い沼地でござんしょう」

お甲の緊張を解こうというつもりなのか、菊蔵が努めて呑気《のんき》に聞こえる声を上げた。

「ここの沼地は、お江戸の朱引き内が、二つも三つも納まっちまうってほどに広いって話ですぜ」

上野国や下野国の山野を流れ下ってきた水は、いったんこの広大な湿地帯に流れ込む。湿地に入った水流は、細い蛇のように分岐しながら湿原の全体を満たし、いっそう大きな大河となって、江戸や霞《かすみ》ヶ浦《うら》へと流れ下るのだ。

「なにしろこの沼地、元々は大きな湖だったっていいやすからね。葦の葉の腐ったのや、土砂が流れ込んできて、いつの間にか、底の浅い沼地になったたって話でござんすよ」

平安時代の頃までは確かに湖であったという。当時の記憶は昔話として、江戸時代の人々にも語り継がれていた。

菊蔵が無駄話をしている間にも舟は進み続けた。葦の向こうに、小高い地面の盛り上がりが見えてきた。

菊蔵は身を低くして、声もひそめた。

「ご覧なせえ。あれが〝渡良瀬ノ貫吉《かんきち》〟がひそむ、鬼ヶ小島ですぜ」

お甲は「うむ」と答えた。

「皆、油断いたすな。声も出すな」

三艘の舟に乗った者たちに命じた。

渡良瀬の湿地の中に大きな島（中州）があった。杭《くい》で土留めされた盛り土の上に低い石垣が積まれている。石垣の一部は湿地の中に長く突き出して、堤防の役目を果たしていた。堤防の内側が船着場で、大小の川船が桟橋に繋留《けいりゅう》されていた。

島には十数軒ほどの小屋が建っていた。どれもが板《いた》葺《ぶ》き屋根の粗末な造りだ。地盤の緩い中州であるから、豪勢な屋敷を建てることはできない。太い柱などを立てたら、すぐに根太《ねだ》が沈んでしまう。

「なるほど、これが噂に聞く、渡良瀬の鬼ヶ小島か」

「へい。元々は利根川の河岸《かし》問屋《といや》衆が築いた船留めだって話でやすが、いつ頃からか、質《たち》の悪い船頭どもが寄り集まってきて、今じゃあ鬼の住《す》み処《か》なんて呼ばれているってえ有り様でさあ」

「なるほど。悪船頭どもの頭目の貫吉は、さながら鬼の大将じゃやな」

お甲たちは葦の叢《くさむら》の陰から船着場の様子を窺《うかが》った。不用意に近づけば鬼ヶ小島の鬼どもに見つかってしまう。およそ一町（約百十メートル）ほどの距離を隔てて息をひそめた。

桟橋に繋がれた舟の上に、一人の小僧が屈み込んでいた。舟の掃除を命じられているらしい。束子《たわし》を使って、熱心に舟底の汚れを落としていた。

お甲は懐から遠眼鏡を出して片目に当てた。菊蔵は、本人曰く「老眼が進んだせいで遠くの物がよく見えるようになった」とのことで、裸眼でも十分にあちらの様子を窺い知ることができるようだ。

菊蔵が舌打ちした。

「あんな小僧ッ子でも、騒がれると、ちと厄介ですぜ」

お甲はチラリと視線を菊蔵に向けた。

「暗くなるのを待ったほうがいい？」

菊蔵は懐に片手を突っ込みながら、首を横に振った。

「それだと、貫吉を見失っちまうかもわからねえです」

菊蔵は懐から革紐を摑み出した。

「あの小僧には、ちっとの間、静かにしていてもらうしかねぇようですな」

その革の紐は、真ん中辺りだけが幅広になっていた。幅広の部分で二つ折りにして、紐の両端を片手に握る。菊蔵は腰から下げた袋から丸石を一つ摑み出すと、幅広の部分で包みこんだ。

菊蔵は石を包んだ革紐を頭上でブンブンと振り回し始めた。十分に勢いをつけてから、紐の片方だけをパッと離す。丸石は凄まじい勢いで飛んで行き、一町の距離をものともせずに、小僧の頭に激突した。

「当たった」

お甲が遠眼鏡で確認した。小僧は前のめりになって舟底に倒れ込んだ。完全に気を失ったようだ。そのまま起き上がってはこなかった。

「可哀相に」

お甲が思わず呟くと、菊蔵は苦笑いしながら答えた。

「あんな小僧でも、貫吉の悪事に加担していやがる小悪党ですぜ。遠慮はいりやせんや」

お甲は一つ頷くと、表情を引き締め、船頭に舟を進めるように命じた。

お甲たちを乗せた三艘の舟は、もはや誰に見咎《みとが》められることもなく、鬼ヶ小島の船着場に乗り込んだ。舟を下りたお甲は、石垣のダシ（石段）を駆け上り、鬼ヶ小島に上陸した。卍屋の男衆が次々と続いた。

男衆は刺し子の胴着《どうぎ》を着けている。剣道の稽古の際に着用される、分厚く綿を織り込んだ着物だ。固く織った綿は実に頑丈で、真剣を使った稽古での事故を防止することができる。誤って斬りつけてしまっても、切り裂くことが難しいほどなのだ。

鉄製の鎧《よろい》には及ばないが、身を守る防具としては十分に有効であった。

さらには男たちは腕や臑《すね》に、鉄板が縫いつけられた手甲や脛衣《はばき》を巻いていた。そして腰には長脇差を差し、手には白木の六尺棒を携えていた。

卍屋の男衆は足音を忍ばせながら、島の奥へと進んでいく。川魚を取るための網が干されている。問題の掘っ建て小屋はその向こうだ。

掘っ建て小屋の屋根の下から、煮炊きの煙が立ち上っていた。まだ夕刻前だが、すでに酒盛りが始まっているらしく、小屋の中から上機嫌な濁声《だみごえ》が聞こえてきた。

お甲は菊蔵に目を向けて大きく頷いた。菊蔵も無言で頷き返し、小屋の入り口へ歩を進めた。

掘っ建て小屋の戸口は、棟木から莚が一枚垂れているだけであった。菊蔵は肩ごしに振り返り、卍屋の男衆が油断のない物腰で構えているのを見定めてから、莚を捲《ま》くり上げ、小屋の中へと踏み込んだ。

小屋の中は、立ちこめる莨の臭《にお》いと、酒の臭い、それに垢染みた男どもの体臭でむせかえるようであった。季節はすでに冬だが、酔った男たちは全身を火照らせている。盛り上がった筋肉から湯気まで立てていそうな姿であった。

ガヤガヤと好き勝手なことを喚《わめ》いていた男たちであったが、ふいに、口をつぐむと順々に、戸口のほうに顔を向けた。

戸口に見知らぬ男、菊蔵が立っているのに気づいて、一斉に顔つきを険しくさせる。髭面でギョロ目を剝いた男が立ち上がり、喧嘩腰で質してきた。

「なんだ、手前ェは」

それには答えず菊蔵は、スッと横に踏み出して場所を開けた。饅頭笠を脱ぎながら、お甲が小屋の中に入ってきた。

「渡良瀬ノ貫吉と申す者は何処《どこ》におる」

お甲が凜然と美声を放つと、小屋の奥の、そこだけ畳が敷かれた一角から、身の丈六尺（百八十二センチ）はあろうかという大男が立ち上がった。

「なんでぇ手前ェは。女《あま》ッ子に呼び捨てにされる覚えはねぇ」

両目を獣のように怒らせながら大男が凄んだ。酔顔は真っ赤に染まり、吐く息は瘴気《しょうき》（沼地の腐敗ガス）のように臭い。

「なるほどコイツぁ、鬼ヶ小島の名に恥じねぇ」

菊蔵が大男を見て呟いた。

小屋の天井に頭が届きそうな赤鬼に凄まれても、お甲はまったく動じた様子も見せない。ゆったりと赤鬼に頷き返した。

「我らは、江戸馬喰町の公事宿、卍屋の者である。我は卍屋の主、甲太夫が名代じゃ」

「公事宿だと」

赤鬼が顔をしかめさせ、居並ぶ男どもは互いに顔を見合わせた。

「江戸の公事宿がオイラたちになんの用があるってんだ。公事にツラを出せとでも言うのか」

赤鬼が訝しげに質してきたのを受けて、お甲は大きく頷いた。

「その通り。これなるが御勘定奉行所からの差し紙である。渡良瀬川の船頭、人呼んで渡良瀬ノ貫吉。公事の証人としてお白州にまかり出ることを申しつけるものなり！」

差し紙を懐から出して突きつけた。

赤鬼の顔つきが俄《にわ》かに変じた。

「なんだとッ、どうしてオイラがお白州なんかに引きずり出されなくちゃならねぇんだ。そのわけを言え！」

「わけを知りたいのか」

お甲は「よかろう」と頷いてから続けた。

「上野、下野の百姓衆より、『年貢を代官所御蔵に納めるための舟を雇うたびに、渡良瀬の鬼ヶ小島に棲《す》む鬼どもに強談判《こわだんぱん》され、年貢の米俵をくすねられる』との訴えがあったのだ」

「なんだとッ」

その場にいた男たちが一斉に色めきだった。早くも片膝を立てた者までいた。

男の中の一人、初冬だというのに褌《ふんどし》一丁に、古びた法被《はっぴ》だけを着けた男が凄んだ。

「オイラたちは荷を運ぶのが稼業だぜ！　百姓衆の米俵を運んでやりゃあ、そのうちの何俵かを船賃に頂戴するのが道理ってもんだ！」

他の男たちも「そうだそうだ」と追従した。どうやらここにいる者たちは全員が、川船の回漕《かいそう》に携わっているらしい。

法被の男は怒鳴り続ける。

「稼業の駄賃を受け取ることを咎《とが》められたんじゃあ、こっちの暮らしが成り立たねえぞ！」

詰め寄られても、お甲は動じる気配を見せなかった。

「なるほど、なるほど。そちらの言い分を聞けば、まったくもって、尤《もっと》もな道理でございますな」

いきなり一歩引かれたので、鬼ヶ小島の船頭たちは、心頭に発した怒りの持って行きどころを失《な》くしたような顔をした。

「わ、わかってくれりゃあ、いいけどよ……」

法被の男が、不貞腐《ふてくさ》れたような顔をする。

お甲は一同を見回しながら続けた。

「なれど、我らは御勘定奉行所よりの差し紙を言いつけられた者。差し紙に、お白州に出頭いたすようにと書かれているからには、御勘定奉行所に顔を出してもらわねばならぬのだ」

いったん言葉を切ってから、

「理と非理とを見極めるのは御勘定奉行様のお役目。鬼ヶ小島の船頭衆に、言い分があると申すなら、御勘定奉行様の御前にて申し開きをいたし、百姓衆の申し分を退けるのがよろしかろう」

　赤鬼は歯ぎしりをした。

「どうでも、オイラたちを、御勘定奉行所のお白州に引っ張っていく、って言うのかい」

「そちらにはそちらの言い分があろう。いつでも耳を貸そう、ということで、御勘定奉行所は、公事にて正邪を見定めることになされたのだ。これはお上のお慈悲。百姓衆の言い分のみを取り上げたりはなさらぬ。さぁ、江戸に発つ用意をするがよろしかろう」

　赤鬼が凄まじい形相でお甲の目を覗きこんできた。

「断る、と言ったら、どうする気だ」

　お甲は白けた顔つきで答えた。

「お上の命に従わない、と申すのであれば、この公領では住み暮らせぬぞ。いずかたなりとも、立ち退《の》かねばならぬな」

　すると赤鬼が、分厚い唇を歪めて笑った。

「馬鹿を抜かせ。こっちにゃあ、川筋ごとの河岸問屋の旦那衆がついてる」

「ほう？」

「河岸問屋は、オイラたちの働きがなくちゃぁ荷の上げ下ろしもままならねぇ。問屋の旦那衆がオイラたちを見捨てたりなさるもんかよ」

菊蔵がお甲の耳元に口を寄せた。

「語るに落ちるたぁこのことだ。やっぱりこいつら、河岸問屋と組んで百姓衆に無法な船賃を吹っかけていやがったんですぜ」

お甲は菊蔵の囁きに頷き返した。それから赤鬼に目を向けて、質した。

「河岸問屋を差配しているのは、川奉行様だな」

「ンなこたぁ、手前ェみてえな小娘に言われなくたって、誰でも知ってる」

船頭たちが笑った。お甲も薄桃色の唇を緩めて微笑み返した。

「川奉行の小山田《おやまだ》様じゃが、急な病で隠居をなされたぞ」

赤鬼が訝しげな顔をした。

「……なんだと？」

「それが何を意味しておるのか、わかっておろうな。河岸問屋衆を陰で操っていた小山田様は、御勘定奉行様の譴責《けんせき》を恐れて尻を捲くったのだ。隠居をし、シラを切り通すことでお咎めから逃れるおつもりなのだぞ。河岸問屋衆は、御勘定奉行様が本気であることを知って慌てふためいておる。川奉行様を免職させてまで、渡良瀬の鬼ヶ小島に手をつけるおつもりになった――ということなのだからな」

男たちの顔に脂汗が浮かんできた。酒酔いで赤く染まっていた赤鬼の顔からも血の気が引く。その様を見てお甲は高笑いした。

「もはや手詰まりだぞ、鬼ヶ小島の悪党ども」

赤鬼は「ヌヌヌ」と唸るばかりで言葉もない。お甲は勝ち誇ったように続けた。

「川奉行様と河岸問屋衆を恐れてダンマリを決め込んでおった百姓衆が公事に打って出た。これをどう思う」

「何が言いてえんだ」

「百姓衆が目安に訴え出たその時にはもはや、勝負は決しておったのだ。百姓衆に公事を勧めたのは御勘定奉行所のお役人様だ。貴様らの搦手《からめて》は固められていたと思え。百姓衆の公事訴えは将棋で言うところの王手なのだ。そこまで手を打たれていたとも気づかずに、のんびりと酒盛りをしておった己たちの愚かさを呪うがよい」

て立ち上がった。

「畜生ッ、この女《あま》、言わせておけば調子に乗りやがって！」

赤鬼が傲然《ごうぜん》と吠えた。今度は怒りで顔面が紅潮する。荒くれ船頭たちも拳を握っ
お甲は冷やかな目つきで赤鬼たちを見た。

「愚かしい了簡《りょうけん》はよせ。差し紙で命じられた通りに江戸に出て参るがよい。申し開きは、お白州ですれば良いだけの話」

そして意地悪そうに失笑し、チラリと流し目を赤鬼にくれた。

「それともやはり、百姓衆の訴え通りに、法外な運び賃をふんだくっておったのか。そうだとしたら覚悟をすることだな。公領の年貢を横取りした罪は重いぞ」

「こうなったら、こいつらを始末して高飛びするしかねえ！　手前ェたち、公事宿だろうが差し紙だろうが構うこたぁねぇ！　やっちまえ！」

船頭たちが「おうっ」と叫んだ。腹中に隠し持っていた匕首《あいくち》を引っこ抜くと、獣のような雄叫びをあげて襲いかかってきた。

「お嬢！」

菊蔵がお甲を庇《かば》う。お甲と菊蔵は、身を翻して戸外に逃れた。

船頭たちは粗末な小屋の板壁を叩き割るようにして飛び出してきた。戸口の莚を引きちぎりながら赤鬼も外に出てくる。そこで彼らは思いもよらぬ光景を目にした。

「こりゃあ……」

卍屋の男衆が黒革の覆面をして、円陣を組み、待ち構えていたのだ。

図らずも押し包まれる形勢となった船頭たちは、思わず二、三歩、後退した。

お甲は赤鬼に向って言い放った。

「我らは本気じゃ。首に縄をつけてでもお白州に引っ張りだすぞ」

赤鬼が怒鳴り返した。

「やれるもんなら、やってみやがれッ」

赤鬼が小屋の柱を摑んだ。なんと、柱を根元から引き抜いたのだ。荒縄で縛りつけられていただけの板屋根を振り払うと、

「うおおおお〜〜〜〜〜ッッ」

太い柱を頭上に振り上げ、大車輪に旋回させながら突進してきた。

「危ないッ」

卍屋の若い者がお甲を庇って前に出る。樫《かし》の木の六尺棒で丸太を受けたが、六尺

棒は呆気《あっけ》なく砕け散り、丸太を受け損なった若い者は真後ろに吹き飛ばされた。うめき声を一つ上げて失神してしまった。

樫という字は〝木が堅い〟と書く。字面のままに極めて堅い木材なのだが、それでも丸太の一撃をくらい、軽く圧《へ》し折られた。

「こいつは敵わねえ！」

菊蔵が男衆たちに向かい、後退するように命じる。男衆はお甲を護りつつ、三間ほど後退した。

船頭たちは相手が臆したと見て前に出てきた。赤鬼は頭上で丸太を旋回させながら叫んだ。

「河岸へ走れ！　舟にさえ乗っちまえば、こっちのもんだ！」

公事宿の男衆は、陸地での喧嘩には慣れているだろうが、揺れる船上での戦いには慣れていない。一方、鬼ヶ小島の船頭たちは皆、上手達者の船乗りばかりだ。舟で逃げれば卍屋は追いかけることすら難しい。

船頭たちは一丸となって河岸へ走る。先頭を行くのは赤鬼だ。振り回した丸太で卍屋の者を威《い》嚇《かく》し、追い払いながら走り続けた。

しかし、赤鬼たちの快進撃もそこまでであった。船着場に到着するやいなや、茫《ぼう》然《ぜん》として立ちすくんだ。

「舟が、ねぇッ」

「どういうこった」

桟橋につないであったはずの川船が一艘残らず消え失せていた。赤鬼たちは　自分が見ている光景が理解できないという顔つきで棒立ちになった。

菊蔵が吠えた。

「手前ェらの舟は、残らず川に流してやったぜ！」

鬼ヶ小島から逃げ出すためには舟を使うしかない。船頭たちは必ず船着場へ向うはずだ――そう読み切って、舟のもやい綱を解いておいたのである。

「畜生ッ、よくも俺たちの舟を……！　許せねえッ！」

赤鬼が、まさに鬼の形相になって丸太を振り上げた。

「手前ェらのド頭《たま》を一人残らずカチ割ってやる！」

太い丸太をブンブンと唸らせながら突進してきた。

菊蔵が卍屋の男衆に向って叫んだ。

「目潰しをくらわせてやれッ」

男たちは腰をかがめて足元の砂利を鷲掴《わしづか》みにすると、突進してきた赤鬼の顔を目掛けて投げつけた。

「ブブッ……！」

顔面に砂利の直撃を食らった赤鬼が、顔をクシャクシャにさせる。

「ひ、卑怯《ひきょう》だぞ！　クソッ……！」

まるで子供の喧嘩だが、砂利を投げつけられる赤鬼にとってはたまったものではない。目を開けていられないのは当然のこと、砂埃が邪魔で息を吸うこともできない。男衆は何人もが嵩《かさ》にかかって投げつける。まさに、息を継ぐ暇もない攻撃だ。

赤鬼が怯《ひる》んだ隙に、菊蔵が六尺棒を赤鬼の足元目掛けて投げつけた。足首の間に棒が刺さる。後退しようとした赤鬼は、棒に足を取られて、真後ろにひっくり返った。

「今だ！　やっちまえ！」

菊蔵が命じる。卍屋の男たちが殺到した。起き上がろうとする赤鬼を取り囲み、四方八方から殴る蹴るして、ついに赤鬼を昏倒《こんとう》させた。

「うーん」と唸って伸びてしまった赤鬼を見て、他の船頭たちの顔色が変わった。

「か、敵わねえ！」

聞きしに勝る江戸の公事宿の戦いぶりを見て、たちまち戦意を喪失させたのだ。

舟の上では怖いもの知らず、故意に舟を揺らして百姓衆を震え上がらせ、船賃の吊り上げを強要し、傍若無人に振る舞ってきた悪船頭たちだが、陸《おか》の上では形無しだ。

卍屋の者たちに六尺棒を突きつけられ、手にした匕首を放り出した。

「やめてくれ！　もうこれ以上の乱暴はしねえでくれ……！」

膝をつき、両手を合わせて懇願する者までいる。菊蔵は「ヘッ」と鼻を鳴らしてあざ笑った。

「陸へ上がった河童《かっぱ》ってのは、手前ェらのことだぜ！」


赤鬼が倒される少し前――

船着場から赤鬼たちの喧嘩騒動が聞こえてくる。枯れた葦の葉をかき分けながら、一人の老人が川岸を目指して走っていた。

老人は汚い手拭いでほっかむりをしていた。袖無しの法被にパッチを穿いただけの粗末な姿だ。老いた身体に急激な運動がこたえるのであろう、息を喘がせ、泥水や葦の根に何度も足を取られ、こけつまろびつしながら、それでも必死に走っていた。

老人は、枯れた葦を両手でかき分けた。皺だらけの顔をグイッと突き出した。

「あ、あった！」

表情を綻《ほころ》ばせる。黄ばんだ乱杙歯《らんぐいば》を剝き出しにしてほくそ笑むと、葦の群生の間に隠してあった小舟に歩み寄った。

何年もその場に遺棄されていた舟に見える。朽ちかけているようにも見えるが、それは他人の目を欺くために、わざと汚してあるからだ。老人は杭に結んだもやい綱を解いた。

もやいを解かれた小舟が揺れた。老人は小舟の艫《とも》に取りついて舟を川中に押し出そうとした。

その時であった。

「待て」

凜とした美声が響き渡った。

「渡良瀬ノ貫吉、手下どもを置き捨てて、己のみ逃げるは卑怯だぞ」

老人がギョッとして振り返る。饅頭笠を被り、茄子紺色の被布を着けた女が立っていた。

「何者《なにもん》でえ手前ェは！」

老人が質す。女は笠の下で笑った。紅を塗った唇が夕闇の中でも鮮やかに見えた。

「渡良瀬ノ貫吉――と呼ばれても否定せぬところを見ると、やはりそなたが鬼ヶ小島の首魁《しゆかい》であったか。フン、己が老いた一船頭であることは世に隠し、代りに円座の中に、これ見よがしに赤ら顔の大男を座らせておくとはな。用心の良いことだ」

「抜かしやがれ。生き抜くためにはなんだってやるぜ。それで、手前ェはいってえ何者なんだよ」

お甲は「うむ」と頷いた。

「卍屋甲太夫三代目……の、名代だ。渡良瀬ノ貫吉、御勘定奉行様より、そなた宛に差し紙が出されておるぞ。そなたを庇う川奉行様も、河岸問屋衆も、そして手下の船頭たちも、もはや当てにはならぬ。観念して、我らと共に江戸に赴け」

「ふざけたことを抜かすなッ」

貫吉は懐に片手を突っ込んだ。鞘を払って刃物を摑み出す。刃渡り一尺ほどの短刀で、大きな川魚を解体する際などに使われる。もちろん、人を刺し殺すだけの威力はあった。

「死ねっ」

貫吉が短刀を突き出してきた。お甲目掛けて躍りかかった。

お甲は片手で饅頭笠を振った。突きつけられた短刀を打ち払う。さらには足を踏み替えて、体《たい》を返した。

「うおっ?」

貫吉は突進をかわされて蹈鞴を踏んだ。お甲は帯にたばさんであった扇子を抜いて片手で構えた。

「えいっ」

扇子でもって貫吉の首筋を打ち据える。貫吉は「ギャッ」と叫んで、前のめりに倒れた。

それは一見、優美な絵柄の扇子に見えるが、実はすべてが鋼で造られた鉄扇であったのだ。扇子であれば女人が携えていても不自然ではない。しかしその実、悪党どもの骨をも打ち砕く恐ろしい隠し武器なのだ。開いて扇ぐことはできない鉄の延べ板なのである。

打たれた貫吉は立ち上がることも叶わず、首筋を押さえて悶絶《もんぜつ》、その場で転げ回った。そこへ卍屋の若い者が二人、駆けつけてきた。

「大丈夫《でえじょうぶ》ですかい、御名代！」
十八、九に見える痩身の若い者が叫んだ。
もう一人の、二十四、五歳ほどの男が、その若い者を怒鳴りつけた。

「馬鹿野郎、やい、辰之助《たつのすけ》、手前ェは御名代が、こんな狒々爺《ひひじじい》に遅れを取るとでも思っているのか！」

青二才がお甲の身を案じるなど百年早い、とでも言いたげな口ぶりだ。

「お嬢は富田流小太刀の名人なんだぜ！」

叱りつけられた若い者は、気障《きざ》に固めた鬢を掻いた。

「源助《げんすけ》兄ィ、あっしが『大丈夫か』と言ったのは、貫吉のほうなんで。こんな年寄りだ。御名代の鉄扇を食らったら、そのまま逝っちまうかもわからねえ」

咄嗟の言い訳にしては、良くできている。お甲は笑った。

「心配はいらないよ。鉄扇を振るったのは久しぶりだけど、この腕、命に関わる怪我《けが》を負わせるほどには鈍っちゃいないさ。さぁ、貫吉を縛っておしまい」

二人は「へい」と答えると、うめき声を上げる老人を立たせ、その腕を後ろにねじり上げた。縄を掛けて身動きできないようにしてから、引っ張り上げて立たせた。

「ちょうどいいや。この舟を使いやしょう。栗橋の河岸に相原の旦那が道案内を率いて乗り込んでおられるはずでさあ」

栗橋の河岸は利根川を一里半ほど下った所にある。

源助は貫吉を小舟の中に投げ込んだ。すかさず辰之助が艫に飛び移って、船底に横たえてあった棹を握った。

「御名代、お手を」

源助が手を伸ばす。お甲も舟に乗り移った。

「舟を出しやすぜ」

辰之助が棹を立てて岸を突いた。舟は葦の叢をかき分けるようにして川面に出て、そのまま沼地の流れに乗った。

夕陽はすでに没している。橙色《だいだいいろ》の夕焼けが、渡良瀬の水面を照らしていた。

源助は懐から呼子笛を取り出して、高らかに吹き鳴らした。短く、長く、独特の符丁で吹くと、船頭の小屋があった辺りから、別の符丁で笛の音が吹き返されてきた。菊蔵たちに、こちらの首尾が通じたようだ。

「あっちはあっちで上手《うま》いこと運んだようですぜ」

源助が言い、お甲が頷いた。

「さぁ、栗橋の河岸まで一漕《こ》ぎだ。とっぷりと暗くなる前には、着くことでしょう」

辰之助はそう言って、櫂を操りながら笑った。

二

「渡良瀬川の船頭、貫吉。『我なくして水運は成り立ち難し』などと思い上がり、船賃を不当に吊り上げし事、もはや明白。この公事、百姓の訴えに理がある。そのほうの申しようが無理なることは明らかじゃ」

勘定奉行が言い放った。白州に敷かれた莚の上では、渡良瀬ノ貫吉がうなだれている。

勘定奉行は続けた。

「船頭どもをかき集めて徒党を組み、また、鬼ケ小島の頭目を自称するなど、まことにもって許し難き所業じゃ」

貫吉は両膝の上で拳を握りしめていたが、その拳が小刻みに震えている。貫吉にも言い分はいくらでもあった。貫吉と結託して旨い汁を吸ってきたのは、河岸問屋たちだ。そしてさらにその上前をはねていたのは川奉行の小山田で、川奉行は勘定奉行所の役人であった。

流通は公領の統治の要であるから、船頭や問屋は勘定奉行所と密接に関わっている。悪く言えば癒着している。

百姓から不当に運賃を取っていたのが事実だとしても、それを黙認したうえ上前を要求したのは勘定奉行所の統治機構そのものではないか。それなのにこちらだけ悪事を押しつけて、悪党呼ばわりとはひどすぎる——というのが貫吉の思いであった。

「船賃は元の通りといたすこと。この件、河岸問屋にも厳しく言い渡すもの也」

公事の沙汰を言い渡し、勘定奉行が退席すると、白州に控えていた百姓たちが歓声を上げて沸きかえった。互いに手と手を握り合い、あるいは抱き合っている者もいる。それを横目で見ながら貫吉は「チッ」と舌打ちを残して、白州から出て行った。

お甲は百姓たちに取り囲まれた。

「やりました！　やりましたよ、卍屋さん！」

感涙に咽び、お甲の手を取って強く握る。お甲も笑顔で答えた。

「御勘定奉行様の御裁決が下りました。これでもう大丈夫です。船頭たちや河岸問屋がなんと言おうと、もはや言いなりになる必要はございません」

百姓たちは「おおっ」とどよめいた。

「夢のようじゃ！」

「長年の願いがかなった！」

「有り難いことじゃ」

口々に感激の言葉を吐露し、お甲に向って手を合わせる者までいた。

「さぁ、宿に戻りましょう。今夜は祝宴でございますよ」

いつまでも白州で騒いでいるわけにもいかない。お甲は百姓衆を促して、勘定奉行所の門へと向かわせた。

門へ向かっている途中、奉行所の建物の中から相原喜十郎が出てきた。お甲はすぐにそれと気づいた。

「菊蔵、皆さんを卍屋まで送ってさしあげて」

菊蔵もすぐに相原に目を留め、お甲の意を察して頷いた。

「合点だ。お百姓衆のこたぁお任せくだせえ。それじゃあ、ごゆっくり」

菊蔵と百姓衆は門から出て行き、お甲は喜十郎に歩み寄った。

「喜十郎様——いえ、相原様」

ここは勘定奉行所の中。誰が聞いているかもわからない。お甲は慌てて言い直した。勘定奉行所の支配勘定と馬喰町の公事宿の娘とが恋仲であることなど、決して知られてはならないことだ。お甲はあえてよそよそしく低頭した。

「お甲、公事は無事に済んだようだな」

相原喜十郎も厳めしげな顔つきで質してくる。お甲は頷いた。

「貫吉を江戸に連れてくるにあたっては、我ら公事宿風情が、お役人様のように縄を掛けたことを咎められるのではないか……と、卍屋の者ども一同、案じておりましたが……」

「その心配はいらぬ。そもそも我ら役人が出役せずに、そのほうたちを使ったのは、この一件、事を荒立てたくなかったからだ。勘定奉行所の者が鬼ヶ小島の悪船頭どもを捕縛いたせば、事は吟味物となる。さすれば貫吉どもと手を結んでいた河岸問屋や、川奉行の罪をも問わねばならぬことになる」

お甲も真剣な顔つきで頷いた。

「だからこそ百姓衆を使い、目安に訴えさせ、出入り物にせねばならなかったのですね」

「そうだ」

公事は大きく二つに分けられる。出入り物と吟味物だ。出入り物とは今日で言う民事裁判であり、吟味物は刑事裁判に近い。

貫吉の悪事を吟味物（刑事裁判）として扱った場合、河岸問屋や川奉行の悪行が表沙汰となる。関八州の河川流通が麻痺するような大騒動に発展してしまうに違いない。そこまでの騒動にするつもりのなかった勘定奉行所は、この一件を百姓と船頭の出入り物（民事裁判）という扱いに限定したのだ。

その時、建物の中から貫吉が出てきた。お甲に気づいて苦々しげな顔をし、ペッと一つ、唾を吐いた。貫吉は別の公事宿の者に促されて奉行所から出て行く。お甲と相原喜十郎はその後ろ姿を見送った。

「あの悪党を牢《ろう》にぶち込めなかったことだけが心残りだ」

相原が言う。

「出入り物では罪を問うことはできぬからな」

そう言ってから、急に笑って、お甲に目を向けてきた。

「貫吉め、こたびの一件では江戸の公事宿、卍屋甲太夫三代目の恐ろしさを身に沁《し》みて理解したことであろう。卍屋甲太夫三代目が睨みを利かせておる限り、ぬけぬけと悪事をいたすことはあるまいぞ。まこと、卍屋の三代目は恐ろしい」

「まぁ、意地の悪い」

お甲は、お転婆を見つかってしまった幼女のような顔つきで、頬を紅く染めた。

「すべてをお膳立てなさったのは相原様でございますのに」

「何を言う。拙者を唆《そそのか》したのはお甲であろう」

「卍屋甲太夫の三代目に手柄を立てさせるための、窮余の一策にございます」

「お奉行様方も、渡良瀬川の悪船頭どもの仕置きは御懸案であったようだからな。拙者の進言に、すぐに御賛同くだされた」

お甲と相原喜十郎が二人で立てた策を、相原が勘定奉行に上申したのだ。勘定奉行は相原の進言をよしとして、川奉行の小山田に隠居を命じた。

「御勘定奉行様がお聞き届けくださいましたのは、相原様を末頼もしく思っておられるからにございましょう」

「心にもない追従を申すな」

「お陰様をもちまして、卍屋甲太夫三代目は大手柄にございました」

「それは重畳《ちょうじょう》」

難事を成し遂げた二人は、満足そうに笑みを交わしたのであった。

三

「本当に、卍屋甲太夫さん様々じゃ」

庄屋が涙を流さんばかりに喜んでいる。

「これで村の者たちは救われた」

公領の庄屋は、農村と農民を支配する役儀を幕府から仰せつかっている。元々は武士階層だった者も多く（家康が関東に入府する以前に、関東一帯を支配していた北条家の家臣など）なかなかに気位が高い。その庄屋たちが手放しで感激している。鬼ヶ小島の悪船頭たちにどれほど悩まされてきたのか、窺い知れようというものだ。

村々の庄屋や乙名など、顔役たち十数名ほどが卍屋に宿泊していた。今日の勝訴で浮かれ騒いで、酒宴を開いていたのだ。

お甲も機嫌良く酌を受けている。庄屋たちは宿屋の客なのだが、勝訴の祝宴の際だけは、公事宿の者が接待される側に回るのが通例であった。

お甲も公事の勝利に満足していた。祝杯を一息に呷ると、百姓たちがヤンヤの喝采をあげた。

「ところで、御名代さん」

庄屋が笑顔でお甲の顔を覗きこんできた。

「肝心の甲太夫さんには、いつお目にかかれるのですかな？」

鮮やかな手際で渡良瀬ノ貫吉たちを屈伏させた三代目。恐れ多くも勘定奉行本人を動かして、川奉行を一人、隠居に追い込んでしまった手際は只事ではない。

「まったく恐れ入った話」

「三代目さんは、江戸一番の公事師にございまするなぁ」

百姓たちが頷き交わす。彼らにとって勘定奉行とは、雲の上に住む神様のように偉いお人だ。その神様を意のままに動かしてしまうとは。誇り高いはずの庄屋たちまで口調と行儀を改めずにはいられなかった。

「是非ともお目にかかり、御礼を申したいものじゃが」

庄屋に迫られ、お甲は慌てて両掌《てのひら》を突き出した。

「甲太夫三代目は今、江戸にはおりませぬ。すでに次の公事に掛かっております」

「次の公事？」

「はい。ご覧の通りに江戸の公事宿は、公事のためにお越しになったお百姓衆や町人衆でごったがえしておりまする」

馬喰町には何十軒もの公事宿が建ち並んでいるが、それらの客室は常に満員の有り様だ。逆に言えば、公領の百姓や町人たちが、どれほどまでに幕府の裁定を信用していたか、という話でもある。

「なるほど、なるほど」

庄屋は感に堪えない、という顔つきで何度も頷いた。

「卍屋甲太夫の三代目さんほどの公事師となれば、席の暖まる暇もないのでございましょうなぁ」

お甲は「得たり」と頷いた。そしてさらに、嘘を重ねた。

「甲太夫三代目が相手といたしておりますのは、貫吉の如《ごと》き小悪党のみにはございませぬ。その背後で私腹を肥やす顔役、あるいはお上のお歴々とも、事を構えねばならぬのです」

「今回の一件でいえば、河岸問屋のような旦那衆や、川奉行様のようなお役人様にございまするな」

「皆まで申してはなりませぬ」

「むっ、左様ですな、言わずともいいことを言ってしまった」

お甲はニンマリと笑った。

「いわば命に鉋《かんな》をかけておるようなもの。いつ何どき、命を狙われるかも知れませぬ」

「うむ」

権力や財力を握った者たちは、おのれの権力や財力をより確固たるものにするために、ヤクザ者などを雇って身近に侍《はべ》らせている。自身にとって都合の悪い者が現われれば、ヤクザを放って命を狙うことも珍しくはなかった。

庄屋は大きく頷いた。

「なるほど、それで、姿を隠していらっしゃるのですな」

「それもこれも、目安に訴えねばならぬほどにお困りの、皆々様のお役に立つためにございまする」

お甲がぬけぬけと言い放つと、百姓衆はますます感激した様子で、何度も大きく頷いたのであった。

四

「やいコラッ、待てぇッ」

源助が大声を張り上げる。筑波山《つくば》の麓《ふもと》に広がる原野を、一人の男と、卍屋の男衆たちが疾走していた。

「やいッ寅五郎《とらごろう》、手前ェ、お上の差し紙に従わねえつもりかッ」

寅五郎と呼ばれた男は、卍屋の源助を無視して一心不乱に逃げていく。短い半纏《はんてん》の裾をはためかせ、赤褌の尻を剥き出しにして走り続けた。

ここは常陸《ひたち》の水戸街道。筑波颪《おろし》の冷たい風が吹きすさぶ。枯れた薄野が一面に広がる中を、寅五郎も源助も、卍屋の若い者たちも、満面を紅潮させ、汗を滴らせながら走り続けた。

寅五郎はやたらと足が速い。卍屋の若い者たちも脚力には自信があったが、にもかかわらず、みるみるうちに引き離された。

「あの野郎ッ、まるで韋駄天《いだてん》だぜ！」

源助が毒づく。韋駄天とは足が速いことで知られた神様だ。まさに韋駄天を連想させる快速で寅五郎は逃げ続ける。

寅五郎は水戸街道の荷駄を扱う馬子の頭分で、宿場町の問屋《といや》と結託し、駄賃の吊り上げを行っていた。渡良瀬川を牛耳ってきた貫吉の、水戸街道版とでも言うべき悪党であった。

　かくして、貫吉と同様に勘定奉行所から差し紙が出されたのであるが――、寅五郎は差し紙を見るやいなや、尻を捲くって一目散に北を目指して逃走し始めたのである。

　寅五郎はもう間もなく五十に手が届こうかという年齢だ。しかし、長年馬子で鍛えた脚力は衰えていない。それどころか超人的ですらあった。まだ二十代の源助や、十代の辰之助が必死に走っても、追いつくことができずにいた。

「源助兄ィ、このままじゃあ、長岡宿に逃げ込まれちまいやすぜッ」

　辰之助が息を喘がせながら叫んだ。源助も顔を真っ赤にさせて怒鳴り返した。

「言われなくたってわかってらァ！」

　長岡宿から先は水戸藩の領地だ。公事宿の者たちが公権を発揮できるのは公領の中だけ。水戸藩領には踏み込めない。公事宿は勘定奉行所の指図で動いているので、勘定奉行所の管轄（公領）の外には出られないのだ。

　水戸藩は徳川御三家の一つで、幕府内の序列は尾張《おわり》家、紀伊家に次ぐ三番目だが、副将軍格として処遇されている。にもかかわらず、というか、だからこそというか、幕府の役人にとっては何かと煙たい存在であった。

役人が煙たいのであるから、公事宿にとってはもっともっと煙たい。下手《へた》をすると命を奪われかねないほどだ。

寅五郎もそれを知っている。だからこそ必死になって長岡宿に——水戸家の領内に逃げ込もうとしているのだ。

土煙をあげ、猪《いのしし》のように突っ走る寅五郎を見て、街道の旅人が慌てて道の端に避《よ》けた。目の不自由な座頭が、何が起こっているのかもわからずに、道の真ん中で右往左往して、

「どけっ」

寅五郎に突き飛ばされて転がった。

「野郎、ひでェ事をしやがる！」

辰之助が叫んだ。源助は辰之助に怒鳴った。

「座頭の心配《しんぺ》ェをしている場合じゃねえぞッ。宿場が近いぜ！」

座頭は旅籠に泊まる旅人を客に取って、按摩《あんま》で金を稼いでいる。宿場の近くで住み暮らしている。

「畜生ッ、このままじゃあ取り逃がしちまうッ」

源助の顔に焦りの色が浮かんだ。気ばかり焦るが、しかし体力はもう限界に近い。心臓は張り裂けそうに鼓動して、今にも喉から飛び出してきそうだ。

枯れ薄の彼方に黒々とした集落が見えた。長岡宿だ。宿場の入り口には大きな冠《かぶ》木《き》門が建てられていた。水戸藩の役人たちが門の番をするために立っていた。

寅五郎は一目散に駆けていく。距離がますます開いた。


「来たか」

宿場の門のすぐ内にある茶店の縁台に、お甲が腰を下ろして、ゆるゆると茶を喫していた。

彼方の街道に目を向ける。半纏一枚に赤褌の男が突進してきた。旅の女たちがあげた悲鳴がお甲の耳にまで届いた。

お甲の背後で菊蔵が立ち上がる。

「源助め、とんだしくじりだ。まんまと取り逃がしやがって」

お甲は懐から巾着を取り出して、小銭を縁台に並べた。

「ごちそうさま」

茶屋の老翁に会釈をしてから、杖《つえ》を片手にして立った。茄子紺色の被布を着けた旅姿だ。老翁の見送りを受けながら、宿場の外へ、江戸の方角に向って歩きだした。

冠木門をくぐる。門の両脇に立った役人たちは、領内から出る旅人の身元には関心がない様子で、視線すら向けてこようとはしない。

お甲は菊蔵を引き連れて街道を進んだ。門から出て十間（十八メートル）も進まぬうちに、突っ走ってきた寅五郎と鉢合わせをした。

寅五郎は満面、滂沱の汗だ。眉を逆立て、目を剝いて、口から泡を飛ばして叫んだ。

「どきゃあがれッ」

寅五郎は馬子の頭分だけあって身体が大きい。しかも全身が筋肉の塊りだ。袖の千切れた法被から伸びる腕は丸太のように太い。馬の鼻先ぐらいなら片手で引きずり回すことができそうだ。

筋肉の塊りが突進してくる。普通の女人なら、否、女人でなくとも、怖じ気をふるわずにはいられない。

しかしお甲は、呆れたような表情を浮かべただけであった。

「やれやれ、今度は陸の鬼退治か」

スッと杖を構え直すと、寅五郎の突進を正面から迎え撃った。

「馬鹿野郎ッ！　この糞女《くそあま》ッ、どけっ！」

寅五郎が吠える。しかしお甲は動ずることなく、逆にススッと、間合いを詰めた。

寅五郎を十分に引きつける。お甲が道を譲らないので、致し方なく寅五郎が体《たい》をかわそうとしたその瞬間、

「エイッ！」

身を低くして踏み出し、白木の杖を寅五郎の足元に突き出した。

「うわっ！」

杖の先で足を掬《すく》われた寅五郎は、二、三歩蹈鞴を踏んで、それでも我が身の勢いを支えきれずに、もんどりを打って転倒した。空中で半回転して、背中からドウッと地べたに落ちた。

その倒れ方があまりにも美しく決まって見えたので、思わずお甲は微笑んでしまった。

「見事にトンボを切ったものだな、寅五郎」

寅五郎はすぐに立ち上がろうとした。体勢を返して四つん這いになり、お甲を睨みつけた。

「この女！　どういう了簡だ！」

四つん這いの姿勢から飛び出して、お甲に摑みかかろうとする。

しかし、その時にはもう、菊蔵が背後から早縄を寅五郎の足首に掛けていた。グイッと引かれて足を取られ、寅五郎は再び顔面から地べたに転がった。

「あっ、くそッ！　なんだこれは！」

何が起こったのかわからない——という顔つきで寅五郎が混乱している隙に菊蔵がビシビシと縄目を決めていく。足は海老反りに折り曲げられ、両腕も取られて背中で引き絞られた。まさに海老反りの格好で手足を縛られてしまったのだ。

「クソッ、手前ェらなんてぇ真似をしやがるッ、クソッ、この縄を解きやがれ！」

もはや悪態をつくことしかできない。

源助と辰之助、他にも卍屋の若い者たち三名ほどが、ようやくに駆けつけてきた。お甲の出現と鮮やかな手際に驚き入っている。

お甲はほんのりと笑顔で頷いた。

「ご苦労だったね。寅五郎は、ホラ、この通りさ」

「お嬢――いや、御名代ッ、面目ねぇッ。オイラたちが不甲斐《ふがい》ねえばっかりに、御名代の手を煩《わずら》わせちまって……」

「良《い》いってことさ」

そこへ、水戸藩の藩士である門番が二人、血相を変えて詰め寄ってきた。宿場の門のすぐ外で、これだけの騒ぎを起こしたのであるから当然のこと、咎め立てせずにはいられない。

門番に詰め寄られ、菊蔵を始めとして卍屋の男衆が急いで地べたに両膝をついた。頭を低くさせて土下座する。一人、お甲だけが立ったまま、門番二人を泰然と迎えた。

「そのほうどもッ、この騒動は何事かッ。子細を申せッ」

門番たちも驚き焦っているのだろう。六尺棒を突きつけてくるのはまだしもで、今にも抜刀しそうな気色を見せている。

雁字《がんじ》搦《がら》めで地べたに転がされた寅五郎が、首をよじって吠えた。

「この女《あま》ッ、いってぇどこの何者《なにもん》だ！　俺様を誰だと思っていやがるッ」

お甲は聞こえぬふりで、懐から勘定奉行所の差し紙を取り出し、雨避けの油紙と封書を開いて広げた。

「手前どもは、江戸馬喰町の公事宿、卍屋の者どもにございまする」

寅五郎にも目を向ける。

「この者は水戸街道の馬子の頭分で、名は寅五郎」

門番の一人、三十歳ほどのよく日焼けした武士が寅五郎を見た。

「江戸街道の馬子だと？」

この街道を、江戸の者たちは水戸街道と呼んでいるが、水戸の者たちは江戸街道と呼んでいる。道の名には行き先が冠せられるのが通例だからだ。

お甲は頷いた。

「街道筋の者たちから寅五郎の非道が目に余るとの訴えがあり、御勘定奉行所でお取り上げになられました。公事にて正邪を決することとなり、御勘定奉行所が差し紙を――この通り、差し下しましたところ、この者が逃れようといたしましたゆえ、我らの手で取り押さえた次第にございまする」

お甲は差し紙を門番に手渡した。そうしてから、街道の地面に両膝をついて低頭した。勘定奉行所が発給した差し紙を所持している間は、お甲は勘定奉行所の権威を背負った者となる。水戸藩の門番に対して膝などつくことはないのだが、手許から差し紙が離れてしまえば、膝をついて低頭しなければならない。

門番はやや困惑顔で差し紙を読みくだした。それから丁寧に折って、お甲に返した。

お甲は差し紙を受け取ると、立ち上がった。

「大公儀、御勘定奉行所の仰せ、我ら、しかと確かめ申した」

門番二人が逆に低頭を寄こしてきた。それを見て、寅五郎が泡を食って慌て始めた。

「待ってくだせぇ！　旦那がたッ、オイラをお助けくだせえ！　オイラは水戸の御家中の、街道奉行様にも顔が通じた――」

「黙れッ」

泡を食ったのは門番のほうだ。思わず足蹴《あしげ》が出る。きつく寅五郎を蹴りつけてその口を封じた。

「貴様のような悪党、当家にはなんの関わりもないッ」

お甲はわざとらしく首を傾げてみせた。

「はて？　今、この者は、まるで己が水戸様の御家中様と昵懇《じっこん》の間柄であるかのような物言いを……いえ、これはわたくしの空耳にございましょう」

暗に「言質《げんち》は取ったぞ」と念押しする。門番は額に冷汗を滲ませながら、険しい顔で首を横に振った。

「いかにも空耳であろう」

「はい。何も聞こえはいたしませんでした」

お甲は腰を折って頭を下げた。

門番は「フンッ」と鼻息を荒くさせた。

「このような下郎、当家には一切関わりのない者ゆえ、早々に連れ去るがよい！」

クルリと背を向けると、肩をそびやかせながら去って行った。お甲たちは再び、門番二人に頭を下げた。

「さあ行くぞ。観念して、江戸のお白州にツラを出しやがれ」

菊蔵は寅五郎の足の縄を緩めると、腕を縛った縄を摑んで引っ張りあげた。寅五郎を立たせる。

するとと突然、寅五郎が幼児のように泣きじゃくり始めた。しかもその場にストンと腰を落としてしまう。

菊蔵は呆れ顔で寅五郎を見おろした。

「駄々をこねる小僧と同じじゃねえか！　やいッ、しっかりしろ！　それでも手前エ、水戸街道で悪名を馳《は》せた寅五郎か！」

何を言われても寅五郎は、幼児返りをしたかのように、ワンワンと泣きわめくばかりであったのだ。

五

飛車屋の奥座敷で、主人の六左衛門と淀屋の市右衛門が向かい合わせに座り、二人でむっつりと黙り込んでいる。

すでに日は落ちた。行灯一つを灯しただけの座敷は暗い。陰気な二人の顔が闇の中に沈んで見えた。

市右衛門は片手に煙管を構えていた。しかし、莨の火はずっと前に燃え尽きていた。莨が消えていることにも気づかぬほどに長々と、思案を重ねていたのだ。

市右衛門がようやく、重い口を開いた。

「こうなったらね、あたしたち公事宿仲間としてもだね、甲太夫の三代目を認めないわけにはいかないね」

この言葉を聞いて六左衛門が目を剝いた。

「認める——ですかい。それは、いかなる趣《おもむき》で」

「いかなるも何も」

市右衛門は煙管を咥えて、莨がすべて灰になっていることにようやく気づき、雁首を灰吹きに打ちつけた。

「三代目を名乗る若造めは、公領のお百姓衆を悩ませていた悪党どもを、立て続けに仕置きした。渡良瀬ノ貫吉は川奉行の小山田様と繫がっていたが、甲太夫の三代目は、御勘定奉行所を動かして、小山田様を隠居させることまでした」

六左衛門は渋い表情になって、「ムムッ」と唸った。

淀屋市右衛門は、莨を詰め直すため、手許に目を向けながら語り続けた。

「水戸街道の寅五郎にいたっては、水戸様の街道奉行様が後ろ楯だったとも聞く。そんな悪党に手をつければ、下手をすると水戸様との大喧嘩にもなりかねない。ところが甲太夫の三代目は、その難事を恐れることなく成し遂げた」

淀屋は一度言葉を切ってから、「飛車屋さん」と、六左衛門に語りかけた。

「公領のお百姓衆は、あれこれと目安に訴えてこられますがね、あたしら公事師にだって、手をつけることのできる公事と、手をつけかねる公事とがある。こう言っちゃあなんだが、公事ってヤツは恐ろしい。公事師一筋、四十年もやってきたあたしだって公事は恐ろしいんだ。なにしろ人の恨みを買う。相手が命知らずの悪党や、お大名様なら尚更だ」

六左衛門は淀屋市右衛門を睨み返した。

「悪党やお大名を相手にとって、公事を成し遂げた甲太夫の三代目は偉い、と仰りたいのですかえ」

淀屋は莨盆の炭火で莨に火をつけて、「ふーっ」と紫煙を吹かした。

「相手に取っただけじゃあない。そのうえで公事に勝ったんだ。これはたいしたものですよ。そうは思いませんか、飛車屋さん」

六左衛門には答えられない。

（公事宿仲間は、あたしの倅の次郎吉ではなく、甲太夫の三代目に肩入れをするつもりになったのか）

淀屋市右衛門の煮え切らぬ物言いと、顔つきを見れば、そうだとしか考えられない。

飛車屋六左衛門は息子の次郎吉を卍屋の婿に押し込むために、公事宿仲間の推薦を取りつけようとした。その根回しのために何百両もの金を賄賂《わいろ》として贈ってある。他ならぬ淀屋市右衛門も嬉々《きき》として金を受け取り、「次郎吉さんのことはあたしにお任せなさい」とまで言ったのだ。太鼓判を押したのである。

それがここにきて、急に態度を翻した。

淀屋は六左衛門には目も合わせず、賄賂を受け取ったことなどなかったような顔つきで、言った。

「三代目甲太夫の手腕、これは認めざるをえないんじゃないですかねえ」

それとなく言質を取りにくる淀屋の手には乗らずに、六左衛門は別のことを言った。

「公事宿仲間に挨拶もなく、勝手に三代目を襲名したことについては、目をつぶりなさるおつもりですかえ」

淀屋はしれっとした様子で答えた。

「まだ襲名を許したわけじゃあございませんよ。そもそも、あたしたち公事宿仲間の承認もなく、公事宿を継ぐことは許されておりません」

そう言って、再び紫煙を吸い込み、ゆったりと吐き出した。

六左衛門は期待を籠《こ》めた眼差《まなざ》しで、身を乗り出した。

「それじゃあ、公事宿仲間は、甲太夫の三代目を認めたわけじゃない、ってことになるのですな?」

「そりゃあそうでしょう。あたしたちが承認していないんだから。三代目はまだ、卍屋の主ではないでしょうよ」

「そうでしょう、そうでしょう。そうこなくちゃ嘘だ」

表情を綻ばせかけた六左衛門に釘を刺すようにして、淀屋は鋭い眼差しを向けてきた。

「だけどね、卍屋さんのほうで三代目の襲名を望んできたら、あたしたちには、断るだけの理由はありませんよ」

「えっ……」

六左衛門は愕然《がくぜん》として身を乗り出した。

「ちょ、ちょっと待っておくんなさい！　お甲の婿には、あたしのところの次郎吉が……、次郎吉が卍屋を継ぐって、そういう話にまとまったんじゃなかったんですかえ」

淀屋市右衛門は素知らぬ顔だ。

「甲太夫の三代目が現われる前までは、それが相応しいと思った、という話でね」

「えっ……」

「だってそうでしょう。三代目甲太夫と、あなたのところの次郎吉さんと、どっちが卍屋の跡取りに相応しいとお思いですかね？」

面と向って問われれば「手前の悴の次郎吉のほうが相応しい」とは言えない。空遠慮などではない。親の贔屓目で見ても、次郎吉が甲太夫の三代目に敵うとは思えなかった。

（淀屋め、痛いところを突きやがる）

正面切っての正攻法で攻めてきた。真っ正面からの力量比べとなれば次郎吉は、他の誰を相手にしても、勝つことは難しい。

その現実を理解しているからこそ、六左衛門は袖の下攻勢で公事宿仲間を丸め込もうとしたのだ。

（おのれ、袖の下を受け取っておきながら……）

何もなかったような顔をして、「三代目甲太夫のほうが卍屋の主に相応しいとは思わないか？」などと問うてきた。

（卑怯だ！）

おのれの卑怯な振る舞いは棚に上げて、六左衛門は憤慨した。

（公事宿仲間め、三代目甲太夫の辣腕《らつわん》ぶりに恐れをなしたか）

あるいは三代目に公事宿全体の行く末を託そう、もしくは託したい、という気分になったのか。

（託したくなる気持ちもわかる。相手は御勘定奉行所をも動かすだけの力量がある）

などと六左衛門自身、思わぬでもなかった。六左衛門も公事師の端くれ。敵と己の力量差を、素直に天秤にかけられないようではこの仕事は務まらない。

(明らかに押されているね……)

これが公事なら負け公事だ。さっさと手を引いてしまいたい。

(だが、そうも言ってはいられぬ。次郎吉の行く末がかかっている)

起死回生の一手を打たねばならぬ——六左衛門はそう心に決めた。

六左衛門の悩みや憤りなど、気づかぬ素振りで淀屋市右衛門は莨を吹かしている。

「可愛いところもあるじゃあございませんか。その三代目とやら。あたしら公事宿仲間に遠慮して、表立っては顔も見せない。お甲ちゃんを名代に立てて、自分はお白州にも姿を現わさないんだ。まあね、その慎み深さだけは、買ってやってもいいと思っているのさ」

淀屋市右衛門は莨の灰を莨盆の灰吹きに落とすと、腰から下げた鮫皮《さめがわ》の莨入れに煙管をしまった。

「それじゃあ、そういうことなのでね。飛車屋さんには、あたしたち公事宿仲間の総意を、腹中に収めておいてくださいましよ」

すでに卍屋の跡取りは甲太夫の三代目に定めたような口ぶりでそう言って、淀屋は腰を上げた。

　淀屋市右衛門が帰った後もまんじりともせず、六左衛門は一人、座敷に残って思案を重ね続けた。

「事ここに至れば……、甲太夫の三代目を、陥れるより他に道はない」

　六左衛門はそう結論づけた。

「紋次《もんじ》、紋次はいるかい」

　腹心の、それも飛び切りに腹黒い下代を呼んだ。

「へい、ここに」

　障子が僅かに開いて、廊下に正座した紋次が顔を半分だけ覗かせた。細面で、役者のように整った顔つきだが、その眼光は蛇のように冷たい。公事に勝訴するためなら、どんなあくどい工作でも平然と成し遂げる男であった。

　六左衛門は紋次を頼もしげに見やった。

「お前ね、これから是非にもやってもらわなくちゃならない仕事がある。やってくれるだろうね」

「もちろんでございます」

紋次が廊下で低頭する。六左衛門は満足そうに一つ、頷いた。

「卍屋の、甲太夫の三代目とかいう小僧を陥れるんだ。相手は並々ならぬ手練《てだれ》だよ。覚悟はあるかね」

「旦那様のお言い付けなら、なんなりと務めましょう」

「よく言ったよ。それじゃあ、お前ね――」

　六左衛門は紋次を座敷内に引き入れて、その耳元で長々と耳打ちした。

「――できようか？」

策を授けて質すと、紋次は得たりと頷いた。

「お任せください」

「よし！」

六左衛門は満足して、手文庫の中から小判の包み金――二十五両をいくつか摑みだすと、紋次の膝元に滑らせた。

「その金でおやり。任せたよ」

紋次は深々と低頭すると、包み金を鷲摑みにして袂《たもと》に入れた。そして足音もなく、姿を消した。

六左衛門は煙管に莨を詰めると、火をつけて長々と一服した。いつまでも一人で座敷に籠もり、莨を吹かし続けたのであった。

第四章

一

木枯らしが吹き荒れている。作物の刈り取られた田畑には、真っ白な霜が降りていた。

風が強い日には霜は降りにくいものだが、それも気温による。江戸時代の気候は現代よりもずっと寒冷で、平均気温は五度から十度も低かったという。江戸の町が、現在の青森や北海道に相当するほどに寒かったのだ。江戸よりもさらに北方の、武蔵野の農村は尚更冷え込みが厳しかった。

浪人、榊原主水は、着物の衿をきつく掻き合わせ、寒風に身を震わせながら歩いていた。道の両脇の草は枯れ、風に吹かれて乾いた音を立てている。野原に伸びる小道には、別れ道の行く先を示す杭が立っていたが、そこに書かれていたはずの文字を読み取ることはできなかった。

杭で示された道の向こうに、一軒のあばら家が建っていた。軒が傾いた屋根板の破れ目から白い煙が一筋、上がっていた。

榊原主水は道を進むと、あばら家の戸口に立った。

「おい、いかさま師、おるか。拙者だ」

中に向って声をかけるが、返事はない。戸板はずいぶんと傷んで、板と板との間に隙間がある。ちょっと覗けば、あばら家の中に座る男の姿が丸見えであった。

「なんだ、おるではないか。入るぞ」

榊原は無遠慮に戸を開いた。途端に戸板が敷居から外れて、あばら家の内側に倒れた。

囲炉裏に向って座っていた男が、首だけをこちらに向けた。

「おやおや。せっかく戸を嵌めたばかりだったのに……。直しておいてくださいましよ」

上野国の街道で卍屋を襲撃し、撃退された時にも一緒だった男だ。ツルリとした白面に軽薄な笑みを浮かべている。笑みを浮かべてはいるものの、機嫌が良いのかどうかはわからない。榊原はこの男が、いつでもどんな場合でも、常に薄笑いを浮かべていることに気づいていた。

卍屋一行の襲撃に失敗してから、ずっとこの男と一緒にいる。意気投合しただとか、共に苦難を乗り越えていく誓いを立てたとか、そんなことはまったくない。むしろ榊原は積極的にこの男を嫌っていた。

そもそもこの男は、自分の名すら名乗らなかった。仕方がないので榊原は〝いかさま師〟と呼んでいた。

榊原はあばら家の土間に踏み込むと、自分が倒した戸板を起こして、戸口の敷居に嵌めようとした。しかしである。大男で腕力勝負の榊原は、細かい仕事が大の苦手だ。どうにも上手く行かないので、次第に腹が立ってきて、力任せに嵌め込むと、戸の下のほうを足で蹴りつけた。

板戸は戸口に斜めに嵌まった。そして今度は右にも左にも動かなくなった。

(まあよい、寒風ぐらいは防ぐことができよう)

などと開き直って榊原は、男の座る板の間に歩み寄った。

草鞋を脱ぐと断りもなく上がり込む。橙色の炎をあげた囲炉裏端が恋しくてならない。火に当たろうとすると、横から男に制された。

「旦那に当たっていただくために、火をつけているんじゃありませんよ」

「……わかっておる」

榊原はムスッとして、伸ばしかけた手を引っ込めた。

囲炉裏の自在鉤《じざいかぎ》には大きな鍋が掛かっていた。鍋の中で、見たこともない枯れ草がドロドロに煮詰められていた。

「大事な生薬ですからね。鍋を傾けてこぼしたりしないよう、お気をつけくださいましよ」

榊原は鼻白んだ。

「なにが、大事な生薬だ。このいかさま師めが」

どうせ、そこらの草むらから引っこ抜いてきた雑草に違いないのだ。薬効などは期待できない偽薬《にせぐすり》である。

それでも榊原は、鍋を覆さぬように気をつかって、囲炉裏からかなり離れて座り直した。

「今はこの偽薬が我らの命の綱なのだからな」

榊原が呟くと、いかさま師はニヤリと笑った。

「京師《けいし》は施薬院《せやくいん》にお仕えなさっておられた青侍、榊原主水様の御家に伝わる秘薬でございます。薬効は疑いなしでございますよ」

榊原は苦々しげに顔をしかめた。

「拙者、青侍だった憶えなどない」

青侍とは京都の公家に仕える武士のことだ。幕府や大名家に仕える武士とは、やや、身分が異なる。

「そもそも施薬院とは、なんなのじゃ」

いかさま師は、しれっとした顔つきで答えた。

「手前も存じあげません」

榊原は心底から呆れ果てた顔をした。

「こんな偽薬を年寄りどもに飲ませて、銭をふんだくっておるのだから罪が深い」

「いいえ、それがですね……」

いかさま師はしゃもじで鍋をかき回しながら言う。

「あたしも先日、空《から》っ風に喉をやられちまったもので、このままだと風邪を引くと思いましてね、このお薬を飲んでみたのですよ。そうしたら不思議と効くじゃあございませんか」

「飲んだのか、こんな汚らしい物を」

「〝病は気から〟とは、よく言ったものでございますねぇ」

榊原はいよいよ呆れた。いかさま師はなおも熱心に鍋をかき回している。

「施薬院にお仕えの榊原様のお薬だ――そう信じて飲めば、不思議と効き目が顕《あら》われるものなのですよ」

「やれやれだな」

榊原は憤然として胡座《あぐら》をかきなおした。

「詐欺師はまず、己の嘘を信じ込むことから始まる――という謂《い》いがあるが、まさにお前のことだな」

「仰る通りでございます」

いかさま師は悪びれた様子もない。

いかさま師はここ一月ほどの間、この地に居すわって〝施薬院の青侍、榊原家の秘薬〟を売りつけることを稼業としていた。榊原主水としては詐欺のお先棒を担がされているわけだが、背に腹は替えられない。偽薬売りも手に染めてみれば、意外と良い稼ぎになる仕事であったのだ。

薬は周辺の寒村で評判を呼んでいるらしい。村の庄屋の手配りで、このあばら家を斡旋《あっせん》してもらえた。しばらくの間は屋根の下で過ごすことができそうであった。

（しかし……）と、根が清廉潔白にできている榊原は不安になった。

「なにゆえ偽薬だと露顕しないのであろうかな」

忸怩《じくじ》たる思いとともに呟くと、いかさま師は明るい顔を向けてきた。

「今のところは、露顕いたしておりませんなぁ。ま、それも当然というものでしょう」

「当然だと。どういう意味だ」

余裕ありげな態度が不思議でならず、問い質すと、いかさま師は「ケラケラ」と癇に障る笑い声を上げた。

「人の身体というものは、自前で病を治す力をもっているものです。偽薬を飲ませようが、飲ませまいが、治る病なら、勝手に治ってしまうものなのですよ」

「それは道理だが」

「病人が自力で勝手に治ったのをですね、『榊原主水様の秘薬の効き目』だと信じこませればいいのです。それで病人は有り難がって、銭を払って下さいます。要はそれだけの話です」

榊原はますます呆れた。

「治らぬ病はどうする。年寄りなどは病が痼疾《こしつ》となっておることも多かろう」

「そうですねえ。年寄りの持病は治らぬものです。ですからあたしは、年寄りの愚痴を丁寧に聞いてさしあげておりますよ。そうすると、あら不思議。年寄りの気持ちも和らいで、心晴々、なんだか薬が効いたような心地になるというものなのです」

榊原は、開いた口が塞がらない。

「まったく、貴様というヤツは……」

「人さまの害になることをやっているわけじゃない。感謝されることをしているのですから、大いばりですよ。ああ、そろそろ良い頃合いですね」

いかさま師は自在鉤から鍋を下ろした。そして今度は、どこから拾ってきたものやら想像もつかない不気味な物体を鍋の中にぶちこみ始めた。

榊原は「フン」と鼻を鳴らした。

「そういうことならよしといたすか。これからますます寒くなる。偽薬商売も大繁盛だな」

冬になれば病人も増える。薬を求めにくる者も増えるに違いない。

ところが、いかさま師は途端に浮かない顔をして、榊原を見つめた。

「そうはいかないのです。偽薬売りの信用がなくなるのは、本物の病人が増える季節ですからね。本物の病人が飲めば、効き目がないとすぐにバレてしまいます」

「本物の病人？」

なんのことやら理解し難いが、いかさま師はいかさま師なりに、この稼業の先行きに不安を感じてもいる様子であった。

「偽薬だと露顕いたしたらどうする？　近在の百姓どもが怒り心頭で押しかけて参ろうぞ」

するといかさま師は一転して、心底から面白そうに笑った。

「その時こそ、ご浪人様の腕の見せ所でございますよ。お怒りの百姓衆を、お腰のお刀を一閃《いっせん》させて脅し、その隙に逃げるのでございます」

「呆れたヤツだ」

どこまで本気の物言いなのかわからない。

（まともにつきあってなどいられぬ）

榊原は膝を進めて、囲炉裏の火に両手をかざした。

「ときに貴様、卍屋の噂は耳にいたしたか」

「卍屋？」

いかさま師は偽薬作りの手を休めずに答えた。

「いいえ」

榊原は火勢を上げようと思い、炎に柴《しば》をくべながら続けた。

「卍屋はあの後、三代目甲太夫なる者が家業を継いだらしい。その男が、相当以上の切れ者だという話だ」

「ほう」

「渡良瀬川の舟運を牛耳っていた者を勘定奉行所の白州に引き出し、勘定奉行をして、こっぴどく叱らしめたという噂だし、それから半月も経ずして今度は、水戸街道の馬子の頭の、寅五郎なる者をとっちめたという話だぞ」

「へえ。そいつあ、たいしたものですねえ」

「褒めてばかりもいられぬ。街道筋の悪党退治も結構だが、あまりにも清く正しくされてしまっては、我らのような者どもが生きづらくてかなわぬ」

「ごもっともで」

火に当たって温まった榊原は、床に横たえてあった佩刀《はいとう》を手にして立ち上がった。

「偽薬売りが上手く行かぬと申すのならば、別に金を稼ぐ手だてを考えねばならぬな」

「どちらにお行きなさるので？」

「拙者にできることといえば、この剣の腕を売ることだ。と言って、拙者を師範に迎えようなどという酔狂な剣道場はどこにもあるまい。博徒の用心棒にでも雇ってもらうだけの話だ」

いかさま師は首を傾げた。

「あたしには、そっちのほうがよっぽど剣呑なお仕事に思えますけどねぇ？　ご自分より強い相手が賭場荒らしに乗り込んできたら、どうなさいます」

「その時は、その時よ」

榊原は草鞋を履いて紐を結ぶと、刀を腰に差した。力任せに戸板を外すと、寒風の吹きすさぶ戸外へと出ていった。

「おお寒い。戸を直しておくれなさいよ」

「そなたが直せ」

そう言い残すと、脇街道の宿場を牛耳る、博徒の家へと歩いていった。

二

「おお寒い。なんだいこの寒風は。骨の髄まで凍えちまうじゃないか」

飛車屋六左衛門の放蕩《ほうとう》息子、次郎吉が、身を震わせながら泣き言を漏らした。

武蔵野の枯野の只中《ただなか》を、旅の一行が十人ほど、列を作って歩いている。先頭を行くのは飛車屋の下代の紋次。背後に飛車屋の若い者を二人、引き連れている。主の六左衛門に命じられて江戸を離れ、はるばる旅をしてきたのであるが、なにゆえか、次郎吉までその旅についてきた。もちろん邪魔にしかならない。今もノロノロと足を進めながら、愚痴ばかりを飽きることなくこぼしている。

次郎吉は「寒い寒い」と言っているが、一行の中では一番の厚着をしている。ゾロリと丈の長い羽織を着て、さらにそのうえに綿入れのどてらまで纏っていた。

紋次たちは足を運びやすいように着物の裾を尻端折りして、下肢にはパッチだけを穿いている。通常の旅人は皆、そういう軽装だ。重たい綿が裾まで詰まったどてらなどを着ていたら、満足に歩くことも難しい。

次郎吉は寒い寒いと連発しながらノタノタと無様に歩を進める。まるで蛞蝓《なめくじ》の行進だ。いつになったら次の宿場にたどり着けるのかもわからない。紋次の計画した旅程は大きく崩れてしまっていた。

一行の中に、一際凄味を利かせた五十ばかりの男がいた。身の丈は五尺七寸ほど。肩幅の広い、厳めしいツラつきの（江戸時代としては）大男だ。目つきが凶悪そのもので、一目で堅気者ではないと知れる悪党ヅラの持ち主であった。

その背後に従う者たちも只ならぬ威圧感を放っている。笠を目深に被って険悪な面相を隠し、笠の下から鋭い目つきを覗かせていた。縞《しま》の合羽を背負い、腰には長脇差を差していた。

彼らは、目赤不動前に縄張りを構える博徒、不動前ノ鬼蔵と、その子分たちであった。冷酷な顔つきと、おぞましい殺気。道を行き交う旅人や、街道脇の田畑で働く百姓たちが、慌てて目をそらした。

　そんな中にあっても次郎吉は、まったく臆した様子も見せない。「寒い」だの「疲れた」だの「足が痛い」だの泣き言ばかりを繰り返している。ヤクザの売り物[illegible]で、男伊達とは自己犠牲と辛抱とに集約される。男の泣き言など、彼らの[illegible]はもっとも離れたところにある。聞かされているだけでも業腹[illegible]足蹴を食らわしてやりたい心地であったに違いない。

　しかし次郎吉は剣呑な空気にはまったく気がつかない。それどころか自分の荷物を鬼蔵一家の若い者に担がせて平然としている。鬼蔵一家の兄ィたちを、自分の家の丁稚《でっち》小僧のように扱っていたのだ。

「親分さん、その、兄弟分さんのお宅ってのは、まだなのですかねぇ」

　旅の遅れの原因になっていながら、その自覚はまったくないらしく、次郎吉は「もうこれ以上歩くのはうんざりですよ」などと言い放った。

　鬼蔵は顔を苦々しげに顰《しか》めながら答えた。

「もう間もなくでさあ。辛抱して、歩いてやっておくんなさい」

　これが子分なら拳骨の一発も食らわしてやるところなのだが。

鬼蔵にとって次郎吉は大切な金蔓《かねづる》である。賭場では月に何十両もの金を散財してくれる。そのうえ今度の仕事は、飛車屋の主人、六左衛門から直々に頼まれたものだ。目赤不動の門前町にある賭場に六左衛門が乗り込んできて、次郎吉のために働いてくれるようにと懇願し、小判の五十両を鬼蔵の目の前に並べたのだ。

鬼蔵は（これは願ってもねえ話だ）と思い、飛びついた。飛車屋も馬喰町ではそれと知られた公事宿である。

公事宿の主人は勘定奉行所や関東郡代役所に顔が通じている。一方、博徒たちは関八州の宿場宿場に独自の人脈を築いていた。ヤクザ同[illegible]義兄弟の盃を交わすことで、擬似的な血縁を広げていたのだ。[illegible]ば、表街道の支配者だ。

[illegible]ておいて損はねえ）鬼蔵はそう判断して、嬉々としてこの話に乗った。自分の義兄弟たちの手蔓《てづる》を積極的に六左衛門に紹介したのだ。

「オイラが一声かければ、関八州に散らばる兄弟たちと、その手下どもを存分に動かせることができやす。甲太夫の三代目とやらに、目に物見せてくれやすぜ！」

などと太鼓判を押した。

鬼蔵にも意地がある。先日は次郎吉に頼まれて、卍屋に手を出したところ、散々に打ち負けて、子分の友次郎たちを失った。

（その仕返しもしなくちゃならねえ）

好機到来、といったところだ。

ところで、兄弟分を動かすと言っても、彼らも只《ただ》では動かない。見返りや礼金を用意しなければならないのだが、それは飛車屋の側で用立てると、六左衛門が請け合った。次郎吉を卍屋の婿に押し込むことさえできれば、江戸の公事を思いのままに運ぶことができる。百姓たちから旅籠代や礼金をいくらでもふんだくることができるのだ。

（なるほどこいつあ旨い話だ）と納得した鬼蔵は、この一件を子分任せにはせず、自らが先頭に立つべく、武蔵野の街道筋に乗り込んできたのである。

五歳の童《わっぱ》のようにむずかる次郎吉にも辛抱し、一路、中山道は深谷《ふかや》宿に縄張りを構える兄弟分、行人《ぎょうにん》ノ権十《ごんじゅう》の許に向かっていた。

ガキは飽きるということを知らない――と鬼蔵は思った。精神年齢が幼児並の次郎吉は、飽きることなく延々と、同じ泣き言を言い続けている。いい加減に辟易《へきえき》してきた鬼蔵は、先頭を行く紋次の背中に声を掛けた。

「やい、下代さん」

乱暴な物言いながら呼び捨てにはせず〝さん〟をつけて、呼び掛けた。

紋次が無言で振り返った。細い目の端で鬼蔵をチラリと見た。

「なんでございますかえ、親分さん」

感情のこもらない、静かな口調で問い返してきた。

鬼蔵は内心、舌打ちをした。

（薄ッ気味の悪《わり》ィ野郎だぜ）

顔つきは整っているが、精気はまったく感じられない。その肌の下に果たして血が通っているのか、と疑問に感じてしまうほどだ。

（菊人形の、頭《かしら》みてぇなツラだ）

人の形はしているけれども、人ではない。その違和感が気持ち悪い。そんな雰囲気を、紋次という下代は漂わせている。

初めて顔を合わせた瞬間から、鬼蔵はこの下代のことが嫌いだった。病的な負けず嫌いで、それゆえにヤクザにしかなれなかった鬼蔵だから（苦手だ）とは思わないし、思いたくもなかった。ただただ（気に入らねぇ）とだけ感じていた。

しかし、今はこの紋次が飛車屋六左衛門の名代である。本当の名代は次郎吉なのだろうけれども、誰一人として次郎吉が何かの役に立つとは考えていない。勢い、鬼蔵は、紋次と意思疎通せねばならぬ立場となっていた。

「なにか、手前にお話がおありですか」

紋次は冷たい目つきで鬼蔵を見つめ返してくる。泣く子も黙る大親分――どころか、時には町奉行所の役人たちでさえ、怖じ気をふるうほどの鬼蔵を前にしても、まったく動じてもいないし、臆してもいない。さりとて、軽んじているわけでも、馬鹿にしているのでもなさそうだ。

（この野郎は、人の情ってヤツを、おっかあの腹の中に置き捨てにして、生まれて来やがったのに違《ちげ》ぇねえ……）

極悪人の中には稀《まれ》にそういう手合いがいる。ヤクザとしても使い道のない、ケダモノだ。

（飛車屋六左衛門め、おっかねぇ野郎を飼い馴らしていやがるな）

さすがは馬喰町の公事宿だ、ということか。間抜けな次郎吉を見て、飛車屋そのものを軽んじてはなるまい、と鬼蔵は思った。

暫時物思いに耽った鬼蔵を、紋次が足を止めたまま、無言で見つめている。鬼蔵は我に返って、口を開いた。

「お前《め》ぇンとこの若旦那だがよ」

「次郎吉が、如何いたしました」

二人で期せずして次郎吉に目を向けた。着膨れをした無様な姿で、長い裾に足を取られながら歩き、「足に肉刺《まめ》ができちまって痛い」などと喚いている。

「若旦那にゃあ、駕籠《かご》を用意してやったほうがいいんじゃねぇのかい」

紋次に視線を戻しながら言うと、紋次も鬼蔵に目を向けて答えた。

「この旅では、できるだけ人目につかないように――と、六左衛門より言いつけられております。駕籠を雇えば、駕籠かきに顔を見憶えられてしまいます。駕籠かきは道中奉行様の支配。道中奉行様は御勘定奉行様のご兼任。我らの来し方が御勘定奉行所に筒抜けになるのは、よろしくございませぬ」

「フン、こっちだって街道筋じゃあ、ちったぁ名の知られた俠客《きょうかく》だ。その理屈は、飲みこんでいるけどな……」

背後からは次郎吉の喚き声が、ひっきりなしに聞こえてくる。

「あれじゃあ駕籠を使うよりもかえって目立つぜ。街道筋の者、全員に顔を見憶えられちまう。道行く旅の衆も、路傍の百姓も、一人残らずだ」

紋次の人形のような顔が、わずかに引きつった。

「わかりました。では、次の宿場で……」

「おう、そうしろ」

紋次は黙礼し、クルリと前を向いた。そしてまた黙々と歩き始めた。足音すらほとんど立てない。なんとも不思議な行歩であった。

次郎吉が「肉刺が潰れた、痛い痛い」と訴えている。鬼蔵は苦々しげに顔をしかめた。

三

武蔵国の低地一帯は、縄文時代頃までは海であった。平安時代の初め頃までは湖沼であったとも言われ、当時の地図には武蔵国が淡海《おうみ》（巨大な湖）として描かれているものもあるそうな。

武蔵国を陸地に変えたのは、平安時代に大噴火を起した浅間山の土石流であった。しかし、陸地に変じてもなお、この一帯は大雨のたびに大洪水に見舞われた。

街道は堤防のような土盛りの上を伸びていた。出水があっても交通が遮断されないようにとの用心だ。

中山道、深谷宿は、江戸を発った旅人が二泊目の宿をとる宿場として栄えていた。旅籠を八十軒も抱えた、中山道有数の宿場であった。

宿場の手前に〝見返りの松〟という巨木が立っている。さらに進むと名物の常夜灯があり、その先に行人《ぎようにん》橋という橋があった。

橋のたもとに一軒の大きな旅籠が建っている。夜だというのに赤々と提灯を掲げ、道に面した張見世《はりみせ》には白首の女が座って、行き交う旅人に艶冶《えんや》な流し目を向けていた。

表向きには旅籠であるが、その実は遊廓そのものだ。幕府は宿場の維持費を稼ぐために、宿場に遊廓を置くことを黙認していたのである。

　遊廓があるならば、当然のように賭場もある。その遊廓の裏手には、博打目当ての男たちが集まっていた。裏の離れで賭場が開帳されていたのだ。

「丁方ないか！　さぁ、丁に張った！」

　盆茣蓙《ぼんござ》の前に、褌一丁の男たちが陣取っている。褌しか身につけていないのは、イカサマのないことを証明するためだ。季節は冬。隙間風も容赦なく吹き込んでくるが、寒いなどとは言っていられない。

　賭場に集まった客たちは、頭に血を上らせ、顔面を真っ赤に火照らせていた。こちらも寒いどころではない。熱気がムンムンと渦を巻いている。まさに鉄火場と化した小屋の中に、丁だ半だと駒を張る音が響いていた。

　賭場全体を見通せる場所に長火鉢が置かれ、太縞の小袖に絣《かすり》の羽織を着けた男が陣取っていた。

　その男こそが深谷宿を牛耳る、博徒の権十であった。行人橋のたもとにこの遊廓と賭場を構えていることから、行人ノ権十とも呼ばれていた。

　権十は銀の煙管に莨を詰めては、ひっきりなしに吹かしていた。片腕は常に傍らの、金箱の上に置かれていた。時おり、表店のほうから中年女がやってくる。そして小銭を権十の前の長火鉢に並べるのだ。

権十は不機嫌そうな顔つきで小銭を数えた。

「これだけか。時化《しけ》ていやがる」

ジロリと女を見上げると、女もふてぶてしい目つきで見つめ返した。

「お前さんが、女衒《ぜげん》に出す金を渋るからだよ」

遊女を雇い入れる際に払う金を惜しむから、質の悪い遊女しか雇えない。だから儲《もう》からない――と言いたいらしい。この女は権十の古女房で、遊廓の経営を任されていたのだ。

権十は金箱の蓋を開けて小銭を流し込むと、無言で片手を振った。犬でも追い払うような仕種《しぐさ》で女房を表店に追いやった。

その様子を榊原主水が賭場の奥から見ていた。壁に背を預け、茶碗酒をチビチビと口に含んでいる。長刀を鞘ごと抱いているのは、賭場に集まった者たちに、これ見よがしに見せつけるためであった。

権十は榊原の視線に気づくと、苦々しげな顔をした。

「あんな業突婆《ごうつくばば》ぁでも、若い頃はちょっとばかしは、見られたツラをしていやがったんですぜ」

権十は強面の見掛けによらず、お喋《しゃべ》り好きなところがある。賭場が引けるまで一晩中、黙然と座っているのは辛い。自然と話し相手が欲しくなるのかも知れない。

子分どもは賭場を仕切るのに忙しいし、客は博打で忙しい。自然と用心棒の榊原主水を、話し相手にするようになっていた。

榊原も口数の多いほうではないが、人嫌いというわけでもない。

「だいぶ景気が悪いようだな」

権十の表情から推し量って、そう言った。

権十はイライラと莨を煙管に詰めながら、頷いた。

「渡良瀬川の船頭どもが、すっかり干し上げられちまいましたからねえ。金がなければ女郎買いにも、博打打ちにも来やがらねえ」

船頭たちは利根川を上り下りして、深谷宿にも荷を運んでいる。深谷宿には唐沢川という支流があって、利根川の舟運と中山道の陸運とを繋いでいた。

榊原は「うむ」と頷いた。

「卍屋甲太夫とか申す、江戸の公事師の差し金だそうだな」

「おや先生、よくご存じで」

榊原は「フン」と鼻息を吹いた。

「その噂なら、街道中に響きわたっておる。勘定奉行所の川奉行といえば、川筋の者どもにとっては主君に等しい。その川奉行を隠居にまで追い込んだのだ。三代目卍屋甲太夫の手腕、並々ならぬものと解《げ》せねばなるまい」

権十も渋い顔つきで頷いた。

「まったくでございますよ。河岸問屋の旦那衆も、船頭連中もすっかり震え上がっちまっておりまさあ。船頭にとっちゃあ、悪銭を稼ぐ手管を奪われちまったのが痛《いて》ェ。あっしらにとっちゃあ、船頭が悪銭を使ってくれねえのが困る。ご覧なせェ。武蔵国の悪所のぜんぶが、火の消えたみてえになっちまったじゃねえですか」

「しかし、そのぶん百姓は豊かになったのであろう。船頭どもに奪われていた金が百姓の懐に戻ったはずだ。百姓は遊びに来ぬのか」

権十は首を横に振った。

「百姓連は、溜めこむばかりで一向に金を使いやしやせん。ふむ、いったい、なぜなんでしょうなあ」

「なんでも蔵に溜めこむのが、百姓の気風だからであろう」

「これじゃあ、あっしらが真っ先に干上がりやすぜ」

そんな会話を交わし合っていた時であった。権十が「おや？」と顔を上げた。

「なんだか、表店のほうが騒がしいぜ」

大勢の者たちが、押しかけてきた気配がする。

「こんな刻限に、いってえ誰でい」

旅籠は日没と同時に表戸を閉ざす。その時刻以降には客は取らないのが定めであった。それどころか博徒の住居でさえ、日が沈んだら最後、客人（流れ者の博徒）を迎え入れることはなかった。

この風習には防犯の他に宗教上の理由もあったらしい。逆に花嫁行列は、日が沈んだ以降にしか婚家に入れない。昼と夜とは別の世界だと考えられていたようだ。

「まさか、花嫁が押しかけてきたわけじゃあるめえ。榊原の旦那、ひょっとすると、ひょっとするかもわからねえ」

賭場荒らしや、敵対するヤクザの出入りだったりしたら大事だ。榊原も「うむ」

と答えて、刀を摑み直した。

しかし表店のほうからは、剣呑な喧騒《けんそう》は聞こえてこない。やがて権十の内儀《おかみ》が暖簾を払って入ってきた。

「江戸の、目赤不動前の親分さんがお見えだ」

権十は片目だけをギョロッと剝いて内儀を見た。

「鬼蔵が？　こんな夜更けにかよ」

「なんでも、同行が足手まといになって、遅れちまったって言っていなさる」

「同行？　誰か連れてきたのか」

「おう。江戸のご大層な若旦那らしいよ。どてらで着膨れした、細面の色男さ」

「そいつぁいってえ、何者だい」

権十はすぐに立ち上がった。

「ここで思案していても始まらねえ。兄弟分とあっては追い返すわけにもいかねえ。どれ、ちっと挨拶をしてくるか」

それから榊原に目を向けた。

「先生も来ておくんなせえ。兄弟分だが、江戸者は油断がならねえからな」

用心棒として働け、ということらしい。榊原にも否やはない。

(江戸の、目赤不動前の親分だと……?)

先日は、その男の手下を名乗る友次郎に雇われて、卍屋の一行を襲った。

(なにやら因縁だな)

僅かばかりの好奇心も湧いてきた。榊原は刀を手にして立ち上がった。

権十は、代貸《だいがし》(賭場を仕切る腹心)に一声かけて、客たちにも会釈をしてから、表店へと向った。

奥の廊下と台所を通って表に向かう。旅籠(実質は遊廓)の入り口となる表店の土間に三人の男がいた。暖簾の外の表道にも数名が立っているようだ、と、榊原は看破した。

「おう、行人ノ。久しいな。元気そうで何よりだぜ」

厳めしい顔つきの中年男が声をかけてきた。どうやらこの男が、不動前ノ鬼蔵のようだと、榊原は推察した。

男は凄味の利いた不機嫌そうな顔に、照れ笑いのようなものを浮かべている。なんとも奇妙で複雑な顔つきに見えた。

「こんな夜分に押しかけちまって面目ねえ。オイラの口からでよければ、いくらでも詫《わ》びを入れるぜ」

そう言って、ますます奇妙に顔を歪めさせた。

こんな夜分に押しかけてくること自体、博徒の仁義に反している。それを承知しているから、困った顔をしているのだろうと榊原は理解した。

「こちらの若旦那が足を痛めちまったもんでね。それで遅くなっちまった」

鬼蔵は肩ごしに目を向けた。土間の真ん中に立つ、無様な若者の姿に一同の視線が集まった。

防寒のためなのだろう、綿の入った頭巾を被り、衿元には厚い布を巻いている。ブクブクと綿の詰まったどてらを太い帯で巻いて、爪先まで覆ってしまうような、裾の長い綿入れを着けていた。地面の冷たさに凍《し》みないように、底の厚い草履を履いている。しかも爪先まできっちりと革で覆われていた。

こんなおかしな格好をした男は、武蔵国の街道筋では絶対にお目にかかれない。

権十は珍獣を見るような目つきで若者を、頭のてっぺんから爪先まで、何度も何度も見返した。

「どちらさんなんで？」

　鬼蔵はまたしても情けなさそうに、厳めしいツラつきを歪めさせた。

「オイラが世話になっている、飛車屋さんの、二番目の若旦那さんだ」

　権十が鋭い眼差しを次郎吉に据える。生まれついてのヤクザ者だから、目つきはすこぶる険しい。

　しかし次郎吉はなんとも感じていない様子で突っ立ったままだ。挨拶すらしようともしない。仕方なく鬼蔵が続けた。

「飛車屋さんは馬喰町の公事宿なんだぜ」

　その会話を帳場の隅から見守っていた榊原は、顔つきこそ変えなかったが、（フム？）と唸った。

（卍屋を襲ったヤクザ者が、別の公事宿の者を連れてきたのか）

　卍屋と飛車屋との間に、抜き差しならない因縁があると考えられる。

　不動前ノ鬼蔵は、帳場の隅に佇む用心棒など目に入らぬ様子で、続けた。

「その向こうのが、飛車屋の下代の紋次さんだ」

「紋次と申します」

色白の男が折り目正しく低頭した。それから権十を真っ直ぐに見上げて、わずかに唇を綻ばせた。これまた愛想笑いのつもりだったのかもしれないが、小馬鹿にしたかのようにも見える顔つきであった。

権十はヤクザ者である。反射的に殺気を漲《みなぎ》らせて紋次を睨んだ。しかし紋次は素知らぬ顔だ。それがますます、侮辱しているように見えなくもない。

「まぁとにかく、立ち話でもなんだ。上がってくんな」

権十は旅籠の下男を呼んで、濯ぎの桶《おけ》を持ってくるように命じた。

客人たちは代わる代わる、桶の水で足を濯いだのだが、例によって次郎吉は、「水が冷たい、お湯に替えてくれ」などと大騒ぎをして鬼蔵を辟易とさせ、権十を唖然《あぜん》とさせた。

次郎吉のために火鉢が三つも運び込まれた。座敷の真ん中で赤々と炭火をあげている。

その座敷に権十と鬼蔵、紋次が座った。次郎吉は火鉢の一つを抱え込んだまま動こうとしない。一同は次郎吉の不作法は見て見ないふりをして、話を進めた。

「──つまり、卍屋甲太夫の三代目を陥れようってぇ話かい」

権十が鬼蔵と、紋次の目を交互に覗きこみながら確かめた。

「おうよ」と鬼蔵が答え、紋次が低頭した。

「仰る通りにございます。何もかも有体に白状いたしますと、甲太夫の三代目は、我ら飛車屋の者にとって、何よりも目障り。邪魔なのでございます」

権十は火鉢を抱えた次郎吉に目を向けた。

「その三代目ってのがいなくなれば、あちらの若旦那が、卍屋の婿になれるってぇ寸法なんですな」

そう言いながらも内心では（その三代目ってのがいなくなったとしても、あの野郎にゃあ、公事宿の主は務まらねえんじゃねえのか）と思った。

権十の思いはそのまま顔に出ていたらしい。鬼蔵が横から口を挟んできた。

「とにかくだ、上手いことやってその三代目を陥れれば、飛車屋の旦那はいくらでも礼金を弾むと言っていなさるんだ。悪い話じゃねえと思うが、どうだい？」

すかさず紋次が、小脇に携えてきた巾着を開けて、小判の包み金を二つ、権十の膝前に滑らせてきた。

「これは支度金にございます。この話をお受けくだされば、幸いに存じます」

権十はチラリと包み金を見た。

「二十五両が二つで、しめて五十両か。さすがはお江戸の公事宿さんだ。豪気なもんですな」

鬼蔵がニヤリと笑う。

「つまりはそれだけの旨味が期待できる話だってことさね。飛車屋さんが卍屋を手に入れれば、公領の公事はお手盛りだ。いくらでも金が儲かるって寸法よ」

「不動前ノ。お前さん、その公事に、これから一枚も二枚も、嚙んでいこうと考えているのかい」

「察しが良いな。お前さんだって深谷宿の公事に口利きができるようになれば、礼金や支度金を取り放題だぜ？」

権十は腕組みをして「ううむ」と唸った。

「確かに、悪い話じゃねえようだな」

「だろう？」

鬼蔵が莞爾《かんじ》と笑った。

「飛車屋さんと卍屋とで結託して、お手盛りで公事を進めりゃあ怖いものなしだ。そこにオイラたち兄弟が絡むのよ」

「ふむ」

権十は考えた。三代目甲太夫退治にしくじったとしても失うものは何もない——ように思える。そして、成功すれば、濡れ手で粟《あわ》の大儲けだ。

「なるほどな。不動前ノ。持つべきものは兄弟分だ。良い話を持ち込んでくれたぜ」

「力を貸してくれるのか」

「おうよ。他ならぬ兄弟の頼みだ。たとえ損をする話だろうと、断れるもんじゃねえぞ」

「それでこそ行人ノ権十だ。恩に着るぜ、兄弟」

俠客二人は不敵な笑みを交わして頷きあった。

「それじゃあ、固めの盃といこうか」

権十は内儀に命じて、酒と盃を持ってこさせた。権十と鬼蔵、紋次と次郎吉の前に盃が置かれる。権十はなみなみと酒の注がれた盃を、顔の前まで持ち上げた。

「江戸の公事宿さんとお近づきになれば、なにかと都合が良いって話でさあ。これからよろしく、お願い申し上げますよ」

侠客としては精一杯の愛想を浮かべたつもりだったが、若旦那の次郎吉は火鉢に張りついたまま返事をしないし、紋次は蛇のように冷たい目つきで黙っている。気まずい空気を誤魔化そうというのか、鬼蔵がカラカラと笑った。

「それなら、まずは俺たち兄弟が、役に立つところを見せにゃあなるめぇな」

「おうよ。なぁに、この関八州は俺たち博徒の天下だ。公事師のなりかけの一人や二人、すぐにもブッちめてくれようぜ」

するとようやく紋次が、細い目をさらに細めて笑った。

「心強いお言葉をいただきました」

次郎吉も頭までどてらを被った姿で、目だけを権十に向ける。

「そうしてくれると有り難いんだけどねえ」

どこまでも非常識な若旦那の態度に、白けた空気になりかけたところを急いで鬼蔵が声を上げた。

「それじゃあ、盃と参りましょうか」

「おう」と答えて権十が酒を一気に呷る。鬼蔵もグイッと杯を干した。

紋次は薄い唇をちょっとだけ盃の縁につけて、酒をすすった。

次郎吉は酒を口に含むや否や、

「なんだい、この地回りは。土臭くってたまらないよ。下り酒はないのかい、灘《なだ》の菊酒とか」

などと、まったく悪気はないのであろうが、人の気持ちを逆撫でするような物言いをした。

四

権十は飛車屋の主従と鬼蔵一家の者たち、合わせて十人ばかりを二階の座敷に通した。

一行を二階に上げた後で権十は、座敷の奥の襖をちょっと開けて、隣の座敷を覗きこんだ。

暗がりの中に榊原主水が黙然と座っていた。

「話を聞いていなすったかい、先生」

榊原は暗い顔つきで頷いた。

「せっかく良い夢を見ているところに、水を注《さ》すようで悪いのだがな……」

「なんですね、藪《やぶ》から棒に」

榊原は無意識のうちに、総身に緊迫感を張らせている。

「その卍屋の三代目、生半《なまなか》ならぬ強者《つわもの》だぞ」

「それは承知だ。関八州じゅうで噂になっていますからね」

「そうじゃない。拙者は卍屋と刃を交わしたのだ。それも、つい先日のことだ」

権十が目を丸くした。

「先生は、卍屋の三代目を、ご存じだったんですかえ」

榊原は曖昧《あいまい》に頷いた。

「そなたからは一宿一飯の恩義を受けた。こうして世話になったのだから、我が身の恥をも包み隠さず話そうぞ」

榊原は先日の一件を語って聞かせた。話の途中から、権十の顔色が目に見えて悪くなってきた。

「す、するってえと飛車屋は、すでに卍屋とぶつかって、散々に打ち負けた——ってことですかい」

「そうだ。拙者を雇った者は、確かに、目赤不動前ノ鬼蔵一家と名乗った。そなた、友次郎という男を知っておるか」

「友次郎？　名前《なめ》ェぐれえは聞いたことがある。鬼蔵の子分でさあ」

「友次郎は、卍屋にちょっかいをかけて、結果、勘定奉行所の代官所に捕縛された。おそらくは打ち首になったものと思われる」

「な、なんてぇ話だ。畜生ッ、鬼蔵の野郎め、そんな話はおくびにも出しやしなかったぜ」

「拙者は不動前ノ鬼蔵一家の友次郎に雇われただけで、その件の頼み主が誰であるのかを知らぬ。しかし、今日の様子から見て、鬼蔵一家を雇って卍屋を襲わせたのは飛車屋とみて間違いあるまい。鬼蔵は卍屋との抗争で多くの子分どもを失った。そなたの力を頼ろうとしているのも、手下の数が足りないからに相違あるまい」

　権十は顔をしかめて舌打ちした。

「そんなおっかねぇ野郎とオイラたちとを、かち合わせようってことかい」

「行人ノ権十一家の力を、見込んでのことではあろうがな」

「つまらねえ世辞はよしておくんなさい」

「それでどうする。この一件から手を引くか」

「馬鹿言っちゃあいけやせんぜ」

権十は顔を真っ赤にさせた。

「男がいったんウンと言ったものを、後になって取り消せるもんですかい」

「では、卍屋と戦うのか」

「おうよ。よく考えてみれば、それだけ飛車屋も必死だってことでしょうぜ。オイラの力で甲太夫の三代目を凹《へこ》ませることができれば、飛車屋の旦那はこれからも、オイラの力を頼りになさるに違いねえ」

「そうかも知れぬな。値を吊り上げて権十一家を売り込む好機だ」

「そうでしょうよ。先生、先生も手を貸してくれるんでしょうな？」

「拙者には、他に行く当てもない」

「よし、決まった！　あったけえ座敷でも、酒でも女でも、好きなだけ用意させていただきやすぜ」

「それは嬉しい話だ」

「しっかり働いておくんなさいよ」

「任せておけ。ところでその、甲太夫の三代目というのは、今、どこにおるのだ」

「さぁて。それを突き止めるのが先決ですかな」

榊原の刀に目を向ける。

「居場所さえ突き止めたら、先生がそのお刀でバッサリと――」

「そう上手く、事が運べば良いがな」

榊原は卍屋の男たちの恐ろしい戦いぶりを思い返した。

（あの者どもを指図していたのが、甲太夫三代目であったのだろうか）

いずれにせよ、受けた屈辱だけは晴らしておかねばならない。

（公事師風情にしてやられたとあっては、武芸者の面目が立たぬ）

必ずや卍屋甲太夫の三代目を仕留めてくれる、と、榊原は決意した。

五

「おい、いかさま師。今宵は貴様に、良い話を持ってきてやったぞ」

榊原は板戸を勢いよく開けてあばら家に踏み込んだ。勢いがよすぎて敷居から外れた板戸が弾け飛んだ。

いかさま師は莚を被って囲炉裏の脇で寝ていた。囲炉裏の炭火はまだ燃え尽きず、小さな炎をあげていた。横顔を照らされながら、いかさま師は莚を払って上体を起こした。

「おお寒い。戸を閉めておくれなさいよ」

興奮した榊原にとっては、板戸などどうでもよい話だ。

「このあばら家、壁も屋根も穴だらけではないか」

隙間風は絶え間なく吹き込んでくるのだ。

「それよりも貴様、儲け話だぞ」

板の間に上がると、いかさま師に笑顔を近づけた。

いかさま師は嫌そうに顔を背けた。

「息が酒臭いですよ。ずいぶんと御酒《ごしゅ》を過ごしましたね」

「おう」

榊原は大きく頷いた。

「こんな痩せ浪人に、好きなだけ酒を飲ませてくれるのだ。儲け話の大きさがわかろうというものであろうが」

いかさま師は「ふむ」と頷いて、居住まいを正した。布団代わりの莚の上で正座をした。

「どのようなお話ですかね」

「ようやく聞く気になったか」

榊原は権十の家で見聞きした話を伝えた。

「ははぁ。なるほど」

「旨い話であろうが」

いかさま師は頷いた。

「確かに旨い話ではございますがね、……しかしどうしてそんなお話を、あたしのところへ持ち込んで来られましたかね」

榊原は「フン」と鼻を鳴らした。

「相手は卍屋だぞ。貴様も一度は煮え湯を飲まされた仇敵であろうが。どうでも恨みを晴らさずにはおられまい。違うか？」

いかさま師は、しれっとした顔つきで首を横に振った。

「いいえ。手前は生まれついてからこのかた、恥と銭とを引き換えにして生きてきた者でございます。お侍様のように、恥を堪えたりはいたしません」

榊原はやや顔をしかめた。

「つれない物言いをいたすな。袖擦り合うも他生の縁と申すではないか。それにだ。貴様はなかなかの智慧《ちえ》者と見た。特に、人を騙《だま》す手管に長《た》けておる」

「それはお褒めの言葉と受け取ってよろしいのでしょうかねえ」

「相手はあの卍屋だぞ。それに――」

榊原は少しばかり眉をしかめた。

「正直に申して、飛車屋の者どもも、不動前ノ鬼蔵と申す俠客も、それに行人ノ権十も、信用に足る人柄とは思えぬ。用心するにしくはない」

「ははぁ？」

「騙されるのを防ぐには、貴様のようないかさま師の智慧を借りるのが一番なのだ。どうだ、やってくれるか」

いかさま師は、何を考えたのか、軽薄そのものの笑顔を見せた。

「偽薬売りの稼ぎでは、こんなあばら家を借りるのが精一杯でございますしねぇ」

これからますます寒さが厳しくなってくる。

「どうせ、どうなろうとも、最後には身一つで逃げればよいだけの話ですしね」

「おう！　受けてくれるか」

「受けますけどね」

いかさま師は炭火の近くに埋めておいた豆を火箸で掘り出すと、榊原の目も憚《はばか》らず口に運んだ。ポリポリと噛み砕きながら答えた。

「あたしのことは、行人ノ権十親分さんにも、内緒にしておいたほうがよいでしょうね。もちろん、飛車屋さんのほうにもです」

「なぜだ」

「万が一の用心ですよ」

「ふむ。そなたの智慧を借りたいと申し出たのは拙者だ。そなたが左様申すのであれば、その言に従おう」

「その代わり、何が起こっているのかを、隠し事はなしで報せておくんなさい」

「もちろんだ。心得た」

いかさま師は大きな欠伸を一つ漏らした。

「それじゃあ、あたしは寝直しますよ。……ああそれから、戸をちゃんと閉めておいておくんなさいよ」

そう言うと、コロンと横になってしまう。すぐにスヤスヤと寝息を立て始めた。

「……まったく、器量の測り難い男だ」

榊原は土間に降りると、言われた通りに戸口を直し始めた。

第五章

一

　数日後、馬喰町にある卍屋に一人の百姓が訪《おとな》いを入れてきた。

「御免くだせえやし。お噂に名高い、三代目甲太夫さんのお旅籠は、こちらでございましょうか」

「へい。ただ今」

　菊蔵は帳場格子から出ると、土間に面した板敷きの上に膝を揃えて座り直した。

「卍屋甲太夫の公事宿は、確かにここでございますが、どういったご用件でございましょうか」

　値踏みをするような目つきで、土間に立った百姓を見た。訴訟人である百姓たちが豊かでなければ、公事宿の経営は成り立たないので、値踏みには力が入る。

この時代の百姓たちは養蚕や生糸の生産で豊かな暮らしを営んでいる。日本左衛門を名乗った怪盗は、庄屋屋敷に押し込んで一度に千両を盗み出したほどだ。歳《とし》の頃は四十ばかり。村の乙名か、庄屋屋敷の手代、といった風采だ。着物の生地や、腰から下げた莨入れなどを確かめて、(これは、かなり豊かな村からおいでになった人だ)と推し量った菊蔵は、途端に相好を崩した。

「まずは、お掛けくだせえやし」

一段高い板の間に掌を向けた。

百姓はそれには答えず立ったままの姿で挨拶を始めた。

「手前は武州 棒沢郡《はんざわのこおり》、下中村《しもなか》の百姓でございます。名は五兵衛《ごへえ》と申します。あれらも村の衆でございまして」

背後に目を向ける。暖簾の外には百姓が二人、立っていた。

「手前どもの村では、ただ今、ちょっとした難儀を抱えております」

菊蔵は探るような目つきで五兵衛の顔を覗きこんだ。

「あなた様の村では、その難儀を、公事に訴えようとお考えなのでございますね」

五兵衛は頷いた。

「いかにもご賢察の通りでございます。昨今、評判の高い卍屋甲太夫三代目さんならば、きっと、手前どもの良いように公事を運んでいただけるものと、左様心得まして、足を運んで参った次第にございます」

「ああ、これはこれは！　嬉しいことをおっしゃってくださいます」

菊蔵は厳めしい顔を精一杯に綻ばせると、台所に向って両手を打ち鳴らした。

「お客様だよ！　濯ぎをお持ちしなさい」

「はーい」と返事をして、下女のお里が小桶を持ってやってきた。菊蔵は再び笑顔を五兵衛と百姓二人に向けた。

「さぁ、どうぞ、足を濯いでお上がりくだせえやし。外の御方もご遠慮なく」

卍屋に勤める若い者もやってきて、五兵衛たちから荷物や笠を預かった。百姓たちは足を濯いでもらうと卍屋に上がった。

　座敷の真ん中で五兵衛と二人の百姓が膝を揃えている。障子の外の狭い庭に目を向けることもあるが、総じて居心地が悪そうにしていた。膝元の茶碗にはまったく手をつけていなかった。

そこへ一人の女人が入ってきた。堂々と歩を進めてきて、百姓たちの前に座った。百姓たちは思わず目を見張った。甲太夫の三代目が対応に出てくるのかと思いきや、やってきたのは妙齢の美女だ。

美女の斜め後ろの襖の前に、一番下代の菊蔵が座る。

百姓たちは美女の姿を見つめた。髷は丸髷ではなく立兵庫《たてひょうご》に結い上げている。長い髪を頭上で束ねて二つ折りにして、残りは背中に垂らした髪形だ。小袖は淡い藤色。さらには海老茶《えびちゃ》の袴を穿いていた。

農村部ではもちろんのこと、江戸でも滅多に見られぬ髪形と装束である。別式女《べっしきめ》の姿にも似ている。大名家の奥方を守るために雇われる男装の女武芸者を別式女と言う。武蔵国には中山道と日光街道という二本の大街道が通っている。奥方のお国下がりの際などに、別式女たちが大名行列に従って歩いているのを、百姓たちも何度か目にしたことがあったはずだ。

その女人が畳に両手をついて、頭を下げた。

「卍屋甲太夫が名代、お甲にございます。爾後《じご》、お見知り置きくださいませ」

百姓たちは挨拶を返すのも忘れ、互いに顔を見合わせた。先頭に座った五兵衛が、おそるおそる声をかけてきた。

「御名代さんがお越しとは、どういう次第でございますか。甲太夫さんにはお目にかかれないのでございますか」

お甲は、努めて表情を変えずに頷いた。

「三代目甲太夫は、公事のお役を果たすべく、公領のあちこちを飛び回っておりますゆえ……」

「はぁ、お留守でしたか」

五兵衛はちょっと言葉につまってから、慌てた様子で取り繕った。

「それは頭の下がることでございます。それでは、先代様は……」

「先代は病床にありまして、皆様へのご挨拶は遠慮させていただいております」

「二代目さんも、三代目さんも、おいでにならない？」

「ですから」

お甲は自分の胸を片手で押さえた。自信ありそうに大きく頷いてみせる。

「こうして手前が名代として、ご挨拶に伺った次第にございます」

しかし百姓たちは納得し難い顔つきで、互いに目配せするばかりだ。五兵衛が、おそるおそる、言った。

「甲太夫の三代目さんは、お役人様を相手にしても、一歩も引かないと評判の公事師さんにございます。そのお役人様の仕返しを避けるために、身を隠していなさるとも聞いております」

お甲は知らぬ顔で答えた。

「ほう、世間様では、そのように噂をされておられますか」

四十ばかりの男は、居住まいを正して座り直した。

「まあ、皆までは申しますまい。口に出してはならぬこともございましょう。申し遅れました。手前が武州棒沢郡、下中村の乙名、五兵衛にございます」

五兵衛が頭を下げると、後ろの百姓たちも急いで頭を下げた。

五兵衛は探るような目つきで、お甲と菊蔵を交互に見た。

「手前どもの話は、こちらの御名代さんがお聞きくださるのですね」

菊蔵は大きく頷いた。

「手前どもの名代は、公事宿の家に生まれた者にございやす。口幅ったい物言いではございますが、おしめが取れた年頃にはもう、公事の手伝いを――するなと叱られても勝手に手を出していたような娘でございますから」

「菊蔵！」

「へ、へい……」

菊蔵は苦笑いして頭を掻いた。

「そんな次第でございますから、万事お任せくださって、なんの不都合もございやせん。三代目甲太夫に物申されるおつもりで、どうぞ、お心の内をお聞かせ願いやす」

五兵衛は納得したのか、しないのか、とにかく一つ、頷いた。

「わかりました。そちら様にはそちら様のご都合もございましょう。それでは、御名代さんに、話をお聞きいただきます」

五兵衛は、深刻な顔つきで切りだした。

「手前どもの村では只今、川争いが起こっております」

菊蔵が「またか」という顔をした。

「どっちの村に、どれだけ水を引くか――ってぇ争いでございますかえ」

つい先日も水争いを裁いたばかりだ。

しかし五兵衛は首を横に振った。

「水利の争いではございませぬ」

お甲は首を僅かに傾げた。

「では、どういった争いなのでございましょう」

「はい。どちらの村が川底を取るか——という争いでございます」

「川底？」

お甲は、公事宿の名代に相応しく見えるように、何事にも動じない女を演じてきたのではあるが、さすがに意味がわからなくなって、菊蔵の顔を窺ってしまった。

その菊蔵も（理解に苦しむ）という表情を浮かべていた。

お甲は五兵衛に向って直截《ちょくせつ》に訊ねた。

「それは……、どういった争いなのでございましょう。そのような公事、寡聞にして聞いたことがございませぬ」

「それは手前どもも同じこと。この難問、いかにしたらよいものか皆目見当もつかぬのです……。それで、村の者どもと相談いたしまして、卍屋さんを頼るつもりになったのでございます」

お甲は、これは並々ならぬ公事かも知れぬ——と思いながらも、卍屋甲太夫の三代目として、引くことはできぬ、と思い直した。

二

あばら家の囲炉裏端に座り、偽薬の調合をしながらいかさま師が訊き返した。呆れたような顔を榊原主水に向ける。

「それはいったい、どういう争いなのでございますかね？」

「だからな」

榊原は板敷きの上で胡座をかきなおした。

「武州は至る所が平らかな土地柄だ。そして至る所に大小の河川が流れておる」

「それは見ればわかりますよ」

「大雨が降るとだな、川はたちまち洪水を起こし、堤を壊して田畑に流れ込む」

「はい」

「すると、昨日まで田畑だった場所が川となることもあるのだ」

「川の流れが？」

いかさま師は不思議そうな顔をした。

「今までの川は、どうなったのです」

「干上がる。水が別の場所を流れるようになってしまったのだから当然だ。昨日まで川だった場所は、一面が砂利の陸《おか》となるのだ」

「ははぁ……。『昨日の淵が今日の瀬となる今の世の中』などと申しますが、本当に、そんな話があるのでございますねぇ。……それで？　それが、どういう公事になるのです？」

「昨日の田畑が川に変じてしまった百姓たちは、今日からの暮らしにも困ることであろう」

「まったくでございます」

「そこでじゃ。昨日までの川底を、田畑にしたいから頂戴したい、というわけだ」

「ははぁ、その川底の、ブン捕り争いですかえ」

「そういうことだ」

「おかしな話でございますねえ。そんなのは、失った広さの分だけ、それぞれ取ればいいだけの話じゃあございませんか」

「そなたの言う通り、おかしな話なのだ。なにしろこの公事は、すべてがでっちあげなのだからな」

「はい？　今、なんと仰いましたか」

「川底の取り分をどうするかなどは、村々の庄屋が話し合えばそれで済むこと。失った田畑の分だけ村々が川底を取って、新たに村の境を定めればよいだけの話だ。公事となる余地はない」

「では、どうしてこんな公事を起こしたのですかね」

　榊原は声をひそめた。

「三代目卍屋甲太夫を陥れるためだ」

「ほう？　どういうことです」

「すべては飛車屋の仕組んだ悪巧みなのだ。偽りの公事の証人をでっちあげ、嘘の証言をさせる。その嘘を真に受けた甲太夫は、勘定奉行所の白州で誤った公事を推し進めるであろう」

「ほう。左様で」

「三代目甲太夫の献言を受けて、勘定奉行が誤断を下そうとしたその時に、飛車屋が白州に飛び込んできて、卍屋甲太夫の誤りを正す――と」

「ははあ……。三代目甲太夫さんはとんだ赤ッ恥。茶番に付き合わされた御勘定奉行様は、怒り心頭に発しましょうねぇ」

「うむ。『卍屋甲太夫の三代目なる者、信用がおけぬ』という話になり、卍屋の継嗣の件も難しくなろう」

「そこへその、次郎吉さんと仰る若旦那が、乗り込んでいくわけですね。なるほど、なるほど。よく分かりましたよ」

榊原は険しい顔をした。

「しかしじゃな……、肝心の次郎吉が、とてものこと、公事宿の主に相応しいとは思えぬ愚物でなぁ」

いかさま師は「おや？」という顔をして、榊原を見た。

「だとしたら、なんですね？」

「相応しからぬ男を公事宿の主に据えることは、公領の万民にとって良からぬ話であろう」

いかさま師は、榊原の意中を察してから、首を傾げた。

「ご浪人様は、天下万民のために、飛車屋の悪巧みを潰してやろうと、左様にお考えなのでございますかえ？」

「そうは申しておらぬ。拙者とて金がなくては生きて行けぬ。金のために飛車屋の企みに与《くみ》すると決めたのだ。……だがなぁ、内心忸怩たる思いなのだ」

いかさま師は薄笑いを浮かべた。

「お武家様の生き様ってのは、いろいろとご面倒にございますねえ」

「笑うな！　それが武士の魂と申すものだ」

「忘れておしまいなさい。そんなもの」

「忘れられれば、いかほど楽か」

いかさま師はニヤニヤと笑って、話の先を促した。

「それで、そのいかさま公事は、どのように進められますかね？」

「飛車屋と権十は、偽の証人になってくれる者どもを集めておる。偽の百姓衆を用意しようというのだ」

「ほほう」

「そこでそなたに、百姓の役を務めてもらう……というのは、どうだ？」

「手前は見ての通りのいかさま師。人さまを騙すのが稼業。やれと言われたら、いくらでも人さまを騙しますがね」

「おう、早速の色好い返事、心強い」

「さぁて、それじゃああたしも、そろそろ支度を始めますか」

なんの支度があるというのか、いかさま師は腰を伸ばして立ち上がった。

三

「この場所からなら、村の様子がよく見えまする」

五兵衛が坂道を上り切って丘の頂に立った。旅姿のお甲が後に続く。

振り返ると、平野を割ってうねる川の流れがよく見えた。

「なるほど、これが懸案の……」

川が村の農地の真中を流れていた。かつては肥沃《ひよく》な田畑であっただろう土地がえぐられて、上流からの砂利や川石が流れ込んでいた。村の真ん中に、無残にも、新たな川原ができあがりつつあったのだ。

菊蔵が声を上げた。

「これじゃあ、村の衆はたまりませんなあ」

五兵衛は大きく頷いた。

「年貢を納めることすら、ままならぬ有り様です」

「確かに。田圃《たんぼ》や畑が川になっちまったんじゃあ、年貢の納めようもねえ」

お甲は広大な武蔵野を遠望した。

川は大地をえぐり、土砂を運んで河岸段丘を造るのだが、かつては川筋であったと思わせる段丘が、遠くに幾つも残されていた。その段丘の間の土地は開墾されて、今は農地となっている。今と同じ自然現象がこれまでも何度も起こったことを窺わせた。

「それで、これ以前に川だった場所は、どこなのです」

お甲が五兵衛に訊ねると、五兵衛は「あそこです」と、底の浅い、谷間のような地形を指差した。

菊蔵が目の上に片手をかざした。

「なるほど、涸れた川ですな」

かつては川底であった岩石や砂利の帯が、太くうねりながら南東へと伸びている。

「その川底の取り分を巡って、余所の村の衆と揉めている――って話なんですな」

五兵衛は頷いた。

「仰る通りです。隣村は檜熊《ひぐま》村と言うのですが、その村の者どもが、いたって強欲でございまして、難渋いたしております」

「ははあん。そいつはお困りだ。なぁに、ご心配にゃあ及びやせん。この卍屋に委細、お任せくだせえ」

菊蔵は胸を大きく叩いた。

五兵衛は、風景のあれこれを指し示しては、近在の村々のことなどを細々と説明した。菊蔵は適当に聞き流しながら、お甲に身を寄せて、耳打ちをした。

「検地帳さえ見れば、村々の石高はすぐにわかりやしょう」

検地帳（農地面積を記した台帳）は勘定奉行所や関東郡代役所にある。歳入を年貢に頼る幕府行政の根幹だ。

「川に流されちまった田圃の広さと同じ分だけ、川底をくれてやりゃあ、それでこの公事は丸く収まりますぜ」

コソコソと話をしていると、五兵衛がこちらに顔を向けてきた。菊蔵は急いでお甲の耳元から顔を離した。

五兵衛が言う。

「檜熊村の連中も、江戸で評判の公事宿さんを、頼みにしているという噂でございます」

自分たちの意を通すため公事師を雇った、ということのようだ。菊蔵の顔つきが目に見えて険しくなった。白州で対決することになる相手なのだから当然だ。

「いってぇ、どこの公事宿に頼んだというんですかえ？」

「はい。確か、飛車屋さんだと伺っております」

「飛車屋ですって」

途端に菊蔵が破顔した。さも小馬鹿にしたような笑みを浮かべた。

「それなら、ますますご心配にゃあ及びやせんぜ。あっしら卍屋は——いや、卍屋甲太夫三代目は、飛車屋なんぞに決して負けるもんじゃあござんせん！　大船に乗ったつもりでいてやっておくんなさい」

「そうですか」

五兵衛も笑った。

「心強いお言葉をいただきました。村の者にも伝えましょう」

二人の遣《や》り取りを見て、お甲はなにやら、微妙な顔つきとなって黙り込んだ。

「あれが卍屋の名代のお甲でございます。隣にいるのは一番下代の菊蔵」

お甲たちから少し離れた茂みの中に、紋次と権十、榊原主水の姿があった。灌木《かんぼく》の根元に身を潜め、お甲たちに気づかれぬように注意しながら、様子を窺っている。

「ああ……、お甲ちゃん、また一段と綺麗になったねぇ……」

などと腑《ふ》抜《ぬ》けた声を漏らしたのは次郎吉だ。ようやく坂を上ってきて、一行の最後尾から首を伸ばし、お甲の姿を見つめた。その顔つきが今にも蕩《とろ》けそうであった。

「あたしはねぇ、子供の時分からお甲ちゃんに惚れていたんですよ。お甲ちゃんは、近所内の子供たちみんなの憧れでねぇ」

などと、どうでもいい思い出話を口にしている。

埒もない話を聞かされて権十は呆れ顔になったが、この若旦那が金主だということも理解している。如才ない顔つきで相槌《あいづち》を打った。

「そんならなおのこと、張り切らなくちゃいけねぇ。三代目甲太夫を叩きのめしてくれれば、卍屋も、あの娘も、若旦那の思うがままでさあ」

「なるほど、そういうことだねえ」

そして軽薄に笑う。

「これは、皆さんに、たんと精を出してもらわなくちゃならないですねえ」

期待を籠めた眼差しをチラッ、チラッと、向けてきた。

榊原は（この男、己の力でなんとかしようという気概はないのか）と呆れた。もちろん権十も苦々しい表情だ。

一人、紋次だけが次郎吉の存在を無視しきっている。一同を見渡して告げた。

「どうやら卍屋は、まんまとこちらの罠《わな》にかかったようです」

権十は「うむ」と頷いた。

「関八州の奥に引きこんじまえば、いかに凄腕の公事師だろうが所詮は江戸者。あっしらの手でどうにでもしてやれるってもんでさあね」

「それは心強いお言葉です」

「それで、肝心の三代目野郎は、どこにいるんだ？」

彼方の丘に目を向けるが、卍屋の者はお甲と菊蔵と、他に若い者が二人ほどしか見当たらない。

「三代目とやらのツラを拝んでおかないことには、話も始まらねえぜ」

紋次は僅かに顔をこわばらせた——ように榊原には見えた。それきり黙り込んでいる。

「おい、どうしたい」

権十が返事を促した。紋次は首を横に振った。

「それがですね……、手前どもも、三代目甲太夫の顔を知らぬのです」

「なんだと」

「三代目の顔を拝んだことのある者がおらぬのです」

「そんな馬鹿な話があるかい」

思わず凄んだ権十を、榊原は慌てて制した。

「声が高い」

向こうの丘にいるお甲たちの耳に届く。権十もすぐに気づいて、首を竦めた。

紋次が無表情のまま答えた。

「手前ども、と申しましたのは、飛車屋の我々、という意味ではございませぬ」

「じゃあ、どういう意味なんだい」

「はい。江戸には公事宿がおよそ百二十四軒ほどございますが、その中の誰一人として、三代目甲太夫の顔を見知った者がおらぬのです」

権十は顔をしかめた。

「そりゃあ、どういう理屈だい」

「わかりませせぬ。三代目甲太夫の素顔を知っておる者は、卍屋の者どもと、御勘定奉行所の支配勘定、相原喜十郎様しかおらぬようなのです」

榊原は舌打ちしてから口を挟んだ。

「闇討ちを恐れておるのではないか」

権十が「ははあん」と納得顔をする。

「コソコソと隠れ回ってるってことは、野郎め、武芸の腕には覚えがねぇようだな。こいつぁ好都合だ。居場所さえ摑めれば、先生のヤットウでズン、バラリンだ」

榊原も同感である。顔や姿を隠す理由など、それぐらいしか思いつかない。

紋次も頷いた。

「手前どももそのように考えております。このたびの偽公事も、姿を見せぬ三代目甲太夫を誘《おび》き出すための策なのです」

しかし、と呟いて彼方の卍屋一行に目を向けた。

「ここに至ってなお、姿を見せずに名代任せにしておるとは、いささか解せませぬな……」

「どこまでも用心深《ぶけ》ぇ野郎なんだろうぜ」

権十の鼻息は荒い。

「よし、話は飲みこんだぜ。そうと決まればこのオイラが、三代目の居場所を突き止めてくれよう。子分どもを走らせるだけじゃねぇぞ。街道筋の俠客に回状を出すんだ」

『三代目甲太夫を見つけて欲しい』という依頼状を回せば、関八州の宿場宿場に巣くう俠客たちが一斉に動き出す。俠客は関八州の裏の支配者だ。彼らの目を逃れることは難しい。

「見つけ次第に先生が、そのお刀で……。それで万事片がつくぜ」

榊原は無言で頷いた。紋次は表情を変えずに言った。

「たとえ三代目を討ち取れずとも、偽公事で彼奴《きやっ》の体面を潰すことはできます。くれぐれもご無理はなされませぬよう」

榊原の剣術を信用していないようにも聞こえる物言いだ。榊原はムッとして口をへの字に結んだ。

榊原は権十とともに深谷宿に戻った。行人橋にある遊廓の暖簾をくぐると、権十の内儀が奥からすぐに顔を出した。

「お客人が来ているよ」

不機嫌そうに言って、台所に引っ込んだ。

権十は「亭主が帰って来たってのに『お帰り』の一言もねぇ。愛想のねぇ女だ」などとブツブツ文句を言いながら、奥座敷に向かった。

その客人が何者なのか、どんな用件でやってきたのかがわからない。念のため用心棒として榊原もついていく。

権十は奥座敷の襖を開けた。

「おう、五兵衛」

どうやら見知り人らしい。榊原も襖越しにチラリと確認した。

（昼間、卍屋を案内していた男だ……）

榊原は同席を遠慮して、足音を消しながら隣の座敷に入った。襖越しに耳を傾ける。権十の声が聞こえてきた。

「さすがは街道筋で名を売った騙り者だ。すっかり卍屋を騙しおおせるとは、まったくてぇしたもんだな」

「恐れ入ります」

「ところで、三代目の野郎は、いまだに姿を見せねぇようだな」

「はい。手前もまだ、引き合わされておりませぬ」

「用心深ぇ公事師野郎だ」

「ときに親分さん」

五兵衛が話題を変えた。

「飛車屋の紋次さんからも頼まれていると思いますが……、偽の百姓衆は、集めていただけましたでしょうか」

「おう。卍屋の目を誤魔化すことができるほどの大人数が要《い》りようだってな。心配ェいらねえ。街道筋の悪タレや穀潰しどもを駆り集めたぜ」

「なんと申しましても、御勘定奉行所を騙すのです。事が終わり次第、蜘蛛《くも》の子を散らすように逃げねばなりませぬ」

「なぁに、手討ちにされても惜しくねぇようなろくでなしどもさ。どうだい、ツラを拝んでいくかい」

「そうさせていただきましょうか」


権十は五兵衛を連れて、宿場の外れのお堂に向かった。榊原も後に続く。

そのお堂の境内には、流れ者や無宿人たちが十名ほど集められていた。権十が彼らの顔のひとつひとつに提灯を突きつけながら、言う。

「険しい面相じゃいけねぇ。ちゃんと百姓に見えるヤツらを集めておいたぜ。これでも苦労してんだぞ」

榊原は、集められた者たちの中に、あのいかさま師がいることに気づいた。継ぎの当たった着物を着て、頭には汚れた手拭いを巻いている。まずまず、百姓に見えないこともない姿であった。

「やい、手前ェ、何を笑っていやがる」

権十がいかさま師の薄笑いを咎めた。いかさま師は笑顔のまま、頭を下げた。

「へい。あっしは、偉いお人の前に出るってぇと、薄笑いが止まらなくなっちまうもんで……」

ヘコヘコと低頭する。その顔つきがいかにも卑屈で、貧しい百姓らしく見える。

権十は「フンッ」と鼻を鳴らして提灯を下げた。そして五兵衛に向き直った。

「こいつらをお前ェに預けとくぜ」

流れ者たちに顔を向ける。

「手前ェら、しっかりと働け！　駄賃は手前ェらの働き次第だ」

流れ者たちは「へえい」と低い声を揃えて答えた。

四

下中村の外れに寺があった。住職のいない廃寺だが、本堂の手入れは行き届いていた。農村の寺は、丘陵地に建てられていることが多いが、武蔵国の東部は見渡す限りの平野なので、寺も平地に建っている。お甲たち卍屋の一行は、五兵衛の手配りでこの廃寺に腰を落ち着けていた。

日が暮れて、本堂は闇に包まれた。卍屋の男衆、源助と辰之助が行灯を持ち出してきて、火を灯した。

「なるほど、これが、かつての、村の地図でございますね」

本堂の板敷きに広げられた古地図を、お甲はじっくりと見た。

江戸時代の農村は庄屋屋敷によって管理されている。庄屋の下には乙名が数名ずついて、それぞれの乙名は五人組をいくつかずつ抱えている。五人組は百姓家の五軒で構成され、相互に仲間を監視するという体制であった。

庄屋屋敷から持ち出してきたというその地図には、乙名が差配する境界と石高、五人組の百姓たちの年貢高が記されていた。

一坪（畳の二畳分）の田から三合の米が取れる。十合で一升（一・八リットル）、十升で一斗、十斗で一石だ。年貢率は四割なので、その百姓に課せられた年貢から田圃の面積を割り出すことが可能なのだ。

「これは良い物を持って来てくださった」

横から覗きこんだ菊蔵が笑顔で言った。

「上手いこと、公事を進めることができやすぜ」

お甲は頷きながらも、腑に落ちないものを感じ、五兵衛に目を向けた。

「これだけの証があるというのに、檜熊村の人々は、いったいどんな魂胆で無理な横車を押してきたというのですか」

「先日の出水まで川底だった辺りは、かつては檜熊村の土地だったのです。そんな昔の話を言い立ててまいりまして……。大昔の過去帳を持ち出しまして、やれ、ここはオラが所の墓場だっただの、なんだのと……」

「面倒臭ぇ連中ですな」

菊蔵が顔をしかめた。五兵衛が頷き返す。

「檜熊村の連中は、戦国のみぎりには国人《こくじん》——この一帯の領主でございまして、あの土地はかつての本貫地だったなどと言い出し、まるっきりの地侍気取りで……。正直、手に負えませぬ」

「大昔に領地だったってぇ川底に執着しているってわけですな。なるほど、コイツは面倒だ」

武蔵国は鎌倉以来の武士の本場である。小さな農村の百姓たちでも、『かつてはミナモトのナニガシの郎党だった』などという晴れがましい歴史を誇っている。過去の栄光にちょっとでも引っかかりのある土地が関わると、急に武士だった頃の記憶と矜持《きょうじ》を取り戻し、強談判に及ぶのだ。

お甲も無言で頷いた。「しかし……」と続けた。

「今は徳川様の御世。御勘定奉行所の仰せには、従ってもらいます」

「仰る通りでございます」

五兵衛は居住まいを改めた。

「さて、表に、村の衆が集まっております。挨拶をお受けいただきたく……」

「わかりました」

お甲は立ち上がると、本堂の扉に向った。扉の横に控えていた辰之助が、すかさず扉を押し開いた。

雑草の生えた境内に松明《たいまつ》を掲げた男たちが集まっている。いかにも泥臭い、粗末な格好をして、頭には手拭いを被っていた。

「村の衆にございます」

五兵衛が紹介すると、男たちは一斉に頭を下げた。

お甲は慌てて遮った。

「面をお上げください。手前どもは百姓の皆々様に頭を下げていただくような身分ではございませぬ。それに皆様は卍屋のお客にございます」

すると五兵衛が横から口を出した。

「村の衆は、卍屋さんを頼るしかないのでございます」

お甲は改めて、百姓たちに向かって言った。

「手前ども卍屋が、皆々様のために働きまする。三代目甲太夫が、すでにこの公事に取りかかっておりますれば、皆々様はどうぞ、お心を安んじてくださいませ」

百姓たちは「おお」とか「ああ」などと感嘆の声を漏らした。

「なにとぞ、よろしくお願《ねげ》ぇいたしますだ」

百姓の一人が挨拶し、皆がまた一斉に頭を下げた。

お甲は——、
公事の勝ち負けはもちろんのことだが、この人達のために尽くさねばならない、と決意した。

飛車屋の次郎吉を婿に迎えたくないという、その一心ででっちあげた〝三代目卍屋甲太夫〟。目覚ましい活躍で公事宿仲間を黙らせるための虚像だが、その幻が卍屋の主人という看板を背負っている限り、誠心誠意、百姓衆のために働かねばならない。

（三代目甲太夫を頼って来られたお人たちを、失望させてはならないから……）

三代目甲太夫の正体とは、他ならぬ自分なのだ。お甲は己の心を引き締めた。

と、その時。お甲は、視界の端の軽薄な薄笑いに気づいた。

百姓にしては華奢《きやしや》な体軀《たいく》の男が、薄笑いを浮かべてお甲を見つめている。

お甲が目を向けると、男は真っ正面からお甲の視線を受け止めて、突然、

「ケラケラ」

と笑った。その瞬間、なぜかはわからないが、お甲の心が激しく動揺した。子供の頃から負けず嫌いのお甲が、思わず視線を逸らせてしまった。この男にこちらの内心を見透かされているかのような気がしたのだ。

（そんなはずはない）

集まっているのはただの百姓たちだ。江戸の公事師はある意味で喧嘩の玄人《くろうと》であ

る。百姓の視線に動揺していては務まらない。

お甲はもう一度、その男に目を向けた。そして「あっ」と叫んだ。

「いない……」

今そこで、薄笑いを浮かべていたはずの、男の姿が消えている。境内の闇に紛れてしまったのであろうか。

(あるいは、何かの見間違いだったのかも……)

お甲は首を傾げた。

五

「どうであった」

榊原が質すと、いかさま師は意味ありげな薄笑いを浮かべた。

榊原は行人橋の遊廓に塒《ねぐら》を移したが、いかさま師はあばら家で寝泊まりしている。

偽薬売りも廃業してはいない様子で、薬研《やげん》で薬種の紛《まが》い物を磨《す》り潰していた。

「見てきましたよ。卍屋の名代のお甲ちゃん。なかなかの美形だったですね」

榊原は鼻を鳴らした。

「お前は人買いか。女の容貌の鑑定をしておってどうする」

いかさま師は悪びれた様子もなく頷いた。

「人様を騙すのが商売ですから、似たようなものです。ところで」

いかさま師は薬研の手を休めると、榊原の正面に座り直した。

「三代目甲太夫さんの居場所は摑めましたかね？」

榊原は眉間に皺をよせた。

「まったく摑めておらぬらしい。権十め、口ほどにもないわ」

「ふぅん」

いかさま師は、なにやら訝しげに首を傾げた。

「関八州の親分さんたちに回状を出したのに見つからないってのは、いささか妙な話でございますねえ。親分さんたちは馬借や船頭にも顔が通じていますよ。おかしな話があったものですねえ」

「三代目甲太夫も、我が身の居場所が知れれば、たちまちのうちに襲われると案じ、我が身の隠匿に苦心しておるのであろう」

いかさま師は「フン」と鼻先で笑った。

「なにやら、面白い話になって参りましたねえ」

そう言ってまた、薬研を磨り始めた。

六

深夜、街道を駆け抜けてきた騎馬が、お甲たちの泊まる古寺へと乗り込んできた。馬上には勘定奉行所の支配勘定、相原喜十郎が跨《また》がっている。馬蹄《ばてい》の音を聞きつけた辰之助が、本堂裏の庫裏《くり》から走り出てきて、馬の轡《くつわ》を取った。

「遠い所を、遥々《はるばる》と足をお運びくださいやして恐縮です。道中、お疲れでございやした」

相原は鞍《くら》から下りた。

「お甲殿は」

「奥でお待ちにございやす」

相原は本堂へと向った。馬は辰之助が引いていく。本堂の扉が開いて、お甲が顔を覗かせた。視線を合わせた二人は慕わしげな笑みを交わしあう。相原は草鞋を脱ぐと、本堂に入った。


「なるほど左様か、川の流れが変わったことによる境界争いか」

行灯の明かりだけが灯る本堂内に座り、相原は大きく頷いた。

「確かに二年ほど前、この近隣は大きな出水に襲われた。その際、川の流れが変わったのであろうな」

相原は切れ者の能吏として出頭しつつある。公領で近年起こった出来事などは、帳簿に当たらずとも、すべて諳《そら》じていた。

お甲は向い合わせに座っている。

「隣村のお百姓衆が、『その川底は我らの本貫地』と言い出して譲らぬそうでございます」

相原は「フン」と鼻を鳴らした。

「昔はどうあれ今は公領の百姓。武家がましい物言いや、横車は許されぬ」

相原は、お甲に向って大きく頷いた。

「勘定奉行所の帳簿を証拠といたせば、すぐにも片がつくことであろう。三代目甲太夫、またしても公事で勝ちを収めたな」

お甲もニッコリと頷き返した。

「〝三代目甲太夫〟が目覚ましい手柄を立てている限り、卍屋の跡取りにつきましては、公事宿仲間に嘴《くちばし》を挟《さしはさ》ませること、許しませぬ」

二人の恋は破れることはない。

「うむ……」

相原はお甲の笑顔に応えて頷いた。

その時、行灯の炎が揺れた。相原の横顔に暗い陰が宿った。

辰之助が馬を引いて境内に出てきた。本堂の階《きざはし》を下りてきた相原は、鞍に跨がると、お甲に別れの言葉をかけて、山門から外に走り出た。

お甲と辰之助は低頭して見送った。

その様子を――荒れ寺の塀の外から見守っていた者がいた。

「あの野郎は……、御勘定奉行所の、相原ってぇお役人だ。あのツラは、検見《けみ》で見かけたことがあるぜ」

　行人ノ権十が顔をしかめている。

　検見とは、勘定奉行所の役人が田圃の作況を調べてまわることを言う。一万石の土地でも、不作で収穫が八割だったと算定されれば、年貢は八千石相当分にまで引き下げられる。農村にとって検見の役人は極めて重要だ。上げ膳据え膳で歓待される。街道筋の親分も、検見役の顔を見忘れるものではなかった。

　権十は手下たちを引き連れて、密かにお甲を見張っていたのである。その熱心さが功を奏して、卍屋の秘密の一端を嗅ぎつけることに成功した。

「卍屋甲太夫め、御勘定奉行所の役人と裏で繫がっていやがったのか。道理で、公事じゃあ負けなしのはずだぜ」

　権十は舌打ちをした。

「御勘定奉行所の役人が首を突っこんできやがったら、飛車屋が仕組んだ贋公事なんざ、すぐに見破られちまうぞ」

「どうしやす、親分」

　片目に眼帯をつけた子分が権十の顔を覗きこんだ。権十は舌打ちを繰り返した後で答えた。

「あの役人と、卍屋とが、繋ぎの取れねえようにするしかねえだろう。三代目甲太夫が五兵衛の嘘に気づく前に、白州に公事を持ち込むことができれば、それでいいんだ。うん。それしかねえ」

片目の子分が、見えているほうの目玉を剝いた。

「御勘定奉行所の役人サマを、どうこうしようってんですかい！」

「なんの、役人の一人や二人、オイラたち俠客がその気になれば、どうにでもならぁな。この八州でできねえことなんか、ありはしねえぞ」

権十は子分を睨みつけた。

「手前ェは相原から目を離すんじゃねえ！　野郎が卍屋に繋ぎをつけようとしたら、先回りして、あの馬の鼻ヅラを引っ張り回して余所に連れて行くんだ」

権十は子分の耳元で秘策を授けた。片目の子分は不敵な顔つきで頷いた。

「なるほど、そういう策ですかい。それならどうにかなりそうだ。ようし合点。任せておいておくんなせえ」

子分は闇の中へ走っていった。

第六章

一

卍屋の男衆の源助は、公事を勝訴に導くための証を求めて、下中村の氏寺を訪れようとしていた。

氏寺には過去帳がある。過去帳はこの当時、戸籍の役割を果たしていた。過去帳を調べれば村を構成している者たちを把握することができるのだ。

寺へ続く小道を歩いていると、ふいに脇道から数人の男が飛び出して源助の前に立ちはだかった。

一瞬身構えた源助だったが、男たちの中に五兵衛がいることに気づいて緊張を解いた。五兵衛の周りの男たちも、昨晩、荒れ寺に集まってきた百姓たちばかりであったのだ。

五兵衛が笑顔を向けてきた。

「これは卍屋の男衆さん。どちらにお行きなさる」

源助は「へい」と答えて会釈した。

「氏寺さんへ。過去帳を見せていただこうと思案いたしやしてね」

「ほう、過去帳ですか」

五兵衛の顔つきが一瞬だけ緊張したように見えた。すぐに笑顔に戻って、言った。

「氏寺には、ご住職様はおられませぬよ」

「へっ？　どこへ行かれなすったんで？」

「上方にある、ご本山からお呼び出しが掛かったとのことです」

「へぇ、上方？　さてはご出世かな」

寺には、それぞれの宗派の本山がある。住職たちは本山から派遣されてきて、村々に赴任している。出世をすれば、より大きな寺に移ることもあった。

源助は訊ねた。

「代わりのお坊さんは、来られていないんですかえ。村で葬式が出たらどうなさるんで」

すると、五兵衛の後ろに控えていた華奢な百姓が、やたらと気障りな薄笑いを浮かべながら答えた。

「代わりのお坊様は、道中、足に怪我をしたとかで、碓氷《うすい》峠で動けなくなっちまったのですよ。ま、あと二、三日後には、やって来られると思うんですがね」

「ふぅん」

源助は思案した。明日には、この村を出て江戸に戻る。勘定奉行所に五兵衛を連れて行って、公事の訴状を出させるのだ。

（三日も待ってはいられねぇ）

過去帳は調べずとも、勘定奉行所にある検地帳だけで、事足りるだろうと判断した。

「それじゃあ仕方ねえです。氏寺のご住職様にも一言、ご挨拶をしておこうと思ったんだが」

五兵衛は笑顔で頷いた。

「残念なことにございますな」

源助はお甲の待つ廃寺へ戻って行き、五兵衛たちはその後ろ姿を見送った。

源助が十分に遠ざかったところで、五兵衛が顔を歪めて舌打ちした。

「まったく、油断も隙もあったもんじゃねえ」

住職と話をされたら五兵衛の嘘がばれてしまう。公事を起こす話など本当は存在していないという事実が露顕してしまうところであった。

五兵衛は周囲の百姓——に扮《ふん》した小悪党たちに目を向けた。

「お前ェたち、卍屋の野郎どもをしっかりと見張っとけ。決して目を離すんじゃねえぞ！」

小悪党たちは「へぇい」と低い声を揃えて答えた。

一人、ヘラヘラと薄笑いを浮かべている男だけを除いて。


「まったく妙な話でございますよ」

いかさま師はあばら家の囲炉裏端に座ると、榊原に声をかけた。

「卍屋の源助は、てっきり、三代目甲太夫さんの指図を受けて動いていると思ったんで、後を追《つ》けたんですけどね」

「後を追けて、どうなった」

「それがですねえ。三代目甲太夫さんと言葉を交わしている様子がないのです。真っ直ぐ、あの名代のお甲って女が待つ荒れ寺へ戻っちまいましてね」

榊原は囲炉裏に柴をくべながら、渋い顔をした。

「江戸であれほどに名を上げておる三代目甲太夫だ。いずこかから、手下の男衆を指図しておるのには違いあるまい」

「三代目甲太夫さんが現われて、卍屋を率いるようになってからというもの、公事では負け知らずでございますねえ」

榊原は「フン」と鼻息を吹いた。

「三代目甲太夫め、忍びの術でも使うのかも知れぬな」

いかさま師は「ほう？」という顔をして榊原を見つめた。

「忍術ですかえ。講談なんかではよく聞きますがね、本当にそんな技を使えるお人が、この世におられるのですかねえ」

「そうとでも考えねば平仄《ひょうそく》が合うまい」

いかさま師はニコニコと微笑んだまま、首を左右に二度、傾げた。

「忍術なんて、所詮は手妻《てづま》にございましょう」

手妻とは手品のことである。

「手妻には種も仕掛けもあるものですよ。種さえ知れば、なぁんだ、こんなことだったのか、というようなものです」

「貴様が生業としておるいかさまも同然だな。施薬院とやらの妙薬も、そのへんに生えておる雑草にすぎぬ」

「そうそう。そういうことです」

悪びれた様子もなく「ご賢察です」などと続けた。

榊原はいかさま師の物腰にはだいぶ慣れてきていたが、さすがにムッと立腹した。

「貴様は、三代目甲太夫の手妻を見破れると申すのか」

険しい声音で質すと、いかさま師は「ううむ」と唸った。

「さぁてねぇ……、そこなのですがねぇ……。いやはや、どうしたものか」

煮え切らない顔つきで、ブツブツと呟くばかりだ。榊原は不機嫌そうに横を向いた。

二

勘定奉行所の書物蔵には、公領を運営し、年貢を徴収するために必要な書類がすべて揃っている。相原喜十郎は昼過ぎから書物蔵に入り、ひたすら書類を捲り続けていた。

冬の日は短い。陽が西に傾こうとしている。蔵の窓から橙色の陽光が差し込んできて、天井まである書棚を照らしていた。

（おかしい……！）

相原は書類を捲る手を止めた。

（五兵衛などと申す者、下中村の乙名の中にはおらぬ）

しかも、下中村が檜熊村との間で境界争いをしている気配すら、報告されてはいなかったのだ。

これはいったいどういうことか。相原は茫然としつつも、思案を巡らせた。

（お甲は、何者かに欺かれておるのか……？）

何者かの悪巧みに引っ掛かっている、とも考えられる。

（しかし！　百姓に扮して偽りの公事を持ちかけて、それでいったい、どんな得があるというのか）

詐欺だとしても金になるとは到底思えない。他人の村の土地争いを勝手に公事に訴えて、それでどうなるというのだろう。

(役人の手違いで、五兵衛の名を記し漏らしたということも考えられるが)

念のため、現地に赴いて確かめたほうが良いかも知れない。相原はそう判断して、書物蔵を出た。

「馬を引け」

勘定奉行所の門へ走り、厩《うまや》の下人に命じた。支配勘定の身分は低いが、役儀のためなら馬を使うことも許されている。

引き出されてきた馬に跨がると、相原は夕陽に照らされた大路に出た。

(なにやら胸騒ぎがしてならぬ……!)

相原は馬首を北へ、中山道へと向けた。


馬は瞬発力には富んでいるが、持久力の乏しい動物で、長距離を走らせることはできない。宿場ごとに問屋場《といやば》に寄って、馬を替えなければならなかった。

鴻巣《こうのす》宿で馬を替えた際、宿場役人から怪訝《けげん》な顔を向けられた。すでに深夜を過ぎていたからだ。

「夜旅はよろしくございません。明朝、日が昇ってからお発ちなさいませ」

もっともな進言をされたのだが、相原の胸騒ぎはますます激しくなっている。

「月は明るい。案じるには及ばぬ」

夜空の月を見上げながら替え馬に跨がった。

夜、騎馬で旅する時には、馬子が先に立って松明を掲げるものだ。しかし相原は常識を無視して、月明かりだけを頼りに、馬を進めた。

鴻巣宿を抜けようとした時である。宿場の境界を示す柵《さく》の脇から、一人の男が飛び出してきた。

「相原様！」

思い掛けずに名を呼ばれ、相原は手綱を引いて馬を止めた。

「何者か」

片目に眼帯をした、見るからに風体の怪しげな男である。しかし、男は如才なく笑みを浮かべると低頭を寄こしてきた。

「あっしは卍屋の者にござんす。菊蔵の言いつけで、旦那をお待ちいたしておりやしたんでございやす」

「おう、そなた、卍屋の者か」

ヤクザ者ふうの風体も、公事屋の男衆だと考えれば不自然ではない。

「良い所で会った。すぐにもお甲に、伝えねばならぬことがあるのだ」

男は片方の目を上げて、相原の顔を覗きこんできた。

「それはいってえ、どのような……？」

「うむ。下中村の五兵衛なる者、いささか素性が怪しい。何らかの企みが進められておるやも知れぬのだ」

男の顔つきが一瞬、険悪に歪んだ。だがすぐに顔つきを改めて、言った。

「うちの菊蔵も、そのように見立てておりやした。そこで、あっしら卍屋のモンは、密かに塒を取っ替えたんでございまさぁ」

「塒を替えた？　左様であったか。さすがに卍屋の者どもじゃ。決して油断はしておらぬな」

「へい。ですから旦那、これまでの塒に真っ直ぐ向かわれても、そこは蛻《もぬ》抜けの殻《から》ってわけで。……これからあっしが、新しい塒にご案内いたしやす」

「それは重畳。そなた、なかなかに気が利いておるな」

「あっしは旦那を案内するようにと言われて、お待ちしていただけですぜ」

男は火縄の火種を提灯に移すと、馬の先に立って歩き始めた。

「こっちでさぁ」

二里ほど進んだ所にあった追分で中山道から分かれて、西へと伸びる脇道に入った。人家もまばら、雑木林ばかりが目立つ村落へと進む。徒歩で進む男の足に合わせなければならないが、お甲も五兵衛の悪巧みに気づいているのなら、少しぐらい到着が遅くなっても心配いらない。相原はそう考えてゆるゆると馬を進めた。

男はますます暗い道へと分け入っていく。急いで身を隠す理由がお甲にあったとしても、ずいぶんと人里から離れているようにも思われた。

月が雲に隠れ、周囲は闇に包まれた。見えるのは男が手に持つ提灯だけだ。もはや、どの方角に進んでいるのかすら、わからなくなってきた。

相原は、やや不安を感じて、男に質した。

「ずいぶんと辺鄙《へんぴ》な場所に向うのだな」

男は前を向いたまま答えた。

「なにしろ三代目甲太夫は、神出鬼没でございやすから」

「なるほど、もっともだ」

　相原は笑った。

　男が、少し間を置いてから、訊ねてきた。

「相原の旦那は、甲太夫の旦那がどこに身をひそませているのか、ご存じなんですかえ？」

「なんだと」

　その瞬間、相原の後れ毛の辺りが、チリチリと震えた。相原は念を押すようにして、質した。

「そなたは——何を言っておるのだ」

　男はしばらく無言で歩を進めた後で、答えた。

「三代目は、あっしら卍屋のモンの前にも、姿をお見せにならねえ。相原の旦那は、三代目の居場所をご存じなのか、と、そう思ったまでですよ」

「貴様」

　相原は手綱を引いて馬を止めた。

「卍屋の者ではないなッ？」

卍屋の雇われ者なら、三代目甲太夫が実在せず、その実体がお甲であることを知っているはずだ。

「貴様は何者だ」

相原が叫ぶと、男はその場で半回転して向き直った。

「ちっ、バレちまったのなら仕方がねえ。なんでバレたのかわからねえけどな。しかしまぁ、ここまで引き込めば、もうこっちのもんだぜ！」

男は提灯を吹き消した。直後、馬首が勝手に回った。轡《くつわ》を摑まれて力任せに引かれたのだ。辺りは真っ暗闇で何も見えない。驚いた馬が激しく嘶《いなな》く。相原は落馬しそうになって、鞍の前輪にしがみついた。

「慮外者め、何をいたすか！　公領で我ら、勘定奉行所の者に歯向って、只で済むと思っておるのか！」

男が闇の中であざ笑う。

「くたばっちまえば、勘定奉行所のお役人サマでもなんでもねえ。ただの骸《むくろ》だ」

「貴様！　拙者を殺す気か！　いったい、何者の指図で──！」

「ハハハハッ、間抜けな役人め！」

男が勝ち誇って高笑いを響かせた。

「どうせ死ぬ身だ。死ぬ前に教えてやろうかい。手前ェを殺すように命じたのは、深谷宿の顔役、行人ノ権十親分だ」

「なんだと！　なにゆえ深谷宿の侠客が、拙者の命を狙うのだ！」

「行人ノ親分は仕事を請けただけだ。仕事を持ち込んできたのは目赤不動前ノ親分さんだぜ」

「目赤不動前……鬼蔵とか申す侠客のことか」

関八州に影響力のある博徒たちの名は、おおよそ諳じている。しかし、なぜ彼らがこの件に関わっているのかがわからない。

（とにかく、馬から下りねば）

馬上では戦えない。好き勝手に馬の鼻面を引きずり回され、鞍にしがみついているばかりだ。

その直後、

「あっ……！」

相原の馬が、相原を乗せたまま、大きく右に傾いた。

（谷か！）

馬ごと谷底に突き落とすつもりなのだ。平坦な武蔵国でも、西へ向かえば舌状台地がいくつもある。台地を開削して通した用水など、深い谷となっている場所があった。それに思い当たった時にはもう、相原は馬ごと宙に投げ出されていた。

「うわああ――ッ！」

谷の斜面に叩きつけられる。身体を激しく強打した。馬が凄まじく嘶いた。馬体が相原にのしかかってきた。

二度三度と放り出され、そして斜面に打ちつけられた。相原は気を失い、真っ暗な谷底へと、それよりもっと暗い、無意識の闇へと落ちていった。

片目の男は谷底を覗きこんだ。田舎者は夜目が利く。しかし、さすがに谷底までは見通せなかった。

「まあいい。この谷に落ちたら最後、決して助かるもんじゃねえ」

死体を検《あらた》めるまでもないと判断すると、男は急いでその場を離れた。

夜道を無理に進んでいた勘定奉行所の役人が、道に迷って、ついに谷底に転落した。相原の死は不幸な事故として処理されるに違いない。男はほくそ笑むと、深谷宿を目指して、走っていった。

三

翌早朝、空が明るくなり始めた頃、お甲は菊蔵たち卍屋の者と、五兵衛を連れて荒れ寺の境内を出た。

山門をくぐって表道に向かうと、旅姿の百姓が数名と、見送りの百姓たちが十人ほど、小走りに寄ってきた。無論のこと、この百姓たちは行人ノ権十が用意した小悪党たちである。そうとは知らぬお甲は、笑顔で頷き返した。

「この公事は、きっと勝ち公事に相違ございませぬ。皆様、お心を安んじて、吉報をお待ちくださいますよう」

小悪党たちは笑み崩れて、何度も何度も低頭した。その姿はどこから見ても、純朴な百姓にしか見えなかった。

下中村を出立した一行は、深谷宿を通過して旅を続け、熊谷宿《くまがや》に入った。地平から真っ赤な太陽が昇る。武蔵国に特有の光景だ。上方からの旅人は、地平線から日が昇るのを見て、仰天したと伝わっている。

次の鴻巣宿に差しかかった時、お甲は一行に休憩を指示した。

「ああ、生き返りますな」

卍屋の男衆も、五兵衛たちも、茶店に腰を下ろすと、思い思いに甘茶や団子、甘酒などを注文した。

そんな一瞬の気の弛《ゆる》みをついて、いかさま師は一行を離れ、宿場町の裏手へ進んだ。

宿場町は、街道に面してぎっしりと旅籠が建ち並んでいたが、一歩奥へ足を踏み込めば、そこには在郷の景色が広がっている。田圃の向こうで水車が回っていた。

いかさま師は、その水車小屋に歩み寄った。

「やっぱり、追けて来なんしたね？」

小屋に向かって声を掛けると、小屋の裏手から榊原主水がユラリと出現した。

「気づかれておったのか。貴様、なかなかに油断がならぬな」

いかさま師は、笠の下でいつもの笑みを浮かべながら訊ねた。

「どうして、追けて来られたのです」

榊原は両袖の中で腕を組んだ。

「五兵衛が逃げるのを助けるようにと、権十に頼まれたのだ。勘定奉行所の白州で甲太夫に恥を搔かせたらすぐに逃げる。五兵衛たちが勘定奉行所の者に捕まって、詮議を受ければ飛車屋の悪事が露顕してしまいかねないからな」

「なるほど、なるほど」

「ところで、貴様はなにゆえ江戸に向かうことにしたのだ」

「手前ですかい？　そうですねえ。たいした理由《わけ》もないんですけどね、なんだか久しぶりに、江戸の町を拝みたくなっちまったものでねえ」

「その申しよう、どこまで信じてよいものやら」

口から出した言葉のすべてが嘘、それがこの男だということを榊原は知っている。

いかさま師はしれっとした顔つきで続けた。

「江戸の大親分さんがたには、ずいぶんと不義理を働いたもんで、敷居が高いんでございますがね」

「そうまでして、江戸に行かねばならぬ理由があるということか」

いかさま師はニヤリと笑っただけで、その問いには答えなかった。

「それじゃあ榊原の旦那。あたしは行列に戻りますよ。旦那も卍屋の連中に見つからねえようにしておくんなさい」

「貴様などに言われるまでもないわ」

榊原は姿を隠した。いかさま師は水車小屋に背を向けて歩きだし、途中の用水路の水に手拭いを浸した。首筋などを拭って、歩きだす。

その目の前に突然人影が立った。通せん坊をされた格好で、いかさま師は足を止めた。

「おや、卍屋の御名代さん」

茄子紺色の被布を着けたお甲が、笠の下からいかさま師を見つめている。

いかさま師は、まったく動じた様子も見せずにニカッと笑った。百姓にしては真っ白すぎる歯が、朝陽を受けて輝いた。

「水が冷たくって、気持ちいいですよ」

濡らした手拭いで顔を拭き、首筋を拭う。用水路で顔を洗うために列を離れた

――という姿を取り繕いつつ、街道に戻った。

その背中をお甲が無言で見つめている。そんな二人を交互に見やりながら、菊蔵がやってきた。

「どうなさいました、名代」

お甲はクイッと顎の先を男に向けた。

「あの男、なにやら……」

菊蔵は江戸っ子らしく早合点して頷いた。

「へい、あっしもずいぶんと癇に障る百姓だと思っていたところでしてねぇ」

「ふむ……」

「ま、どこにでも変わり者《もん》は、おりやすからねぇ」

「そうだな」

菊蔵が顔つきを変えた。

「おっと。お嬢もどっかに腰を下ろして、足を休ませなくちゃいけねぇですぜ」

古株の使用人は、時として家族よりも親しい口利きをするし、遠慮もない。お甲は苦笑して茶店に戻った。あの男は呑気に団子を食らっていた。

お甲たちは五兵衛を引き連れ、江戸の馬喰町に戻った。

「狭い町人地に多くの旅籠が建ち並んでおります。皆様には、息苦しくお感じでございましょうが、なにとぞご寛恕《かんじょ》くださいませ」

広い広い田畑と共に生きてきた百姓たちにとって、江戸の町人地のゴミゴミとした佇まいは牢獄に近い。

お甲は五兵衛たちを二階の座敷に入れた。

「明朝、日の出前にここを発ちまして、御勘定奉行所へ向いまする」

公事の訴えは先着順だ。日の出とともに駆けつけないと、別の公事の後に回されてしまう。

「皆様の訴えに道理があることは、明々白々でございますから、すぐにも断が下されましょう。勝ち公事間違いなしでございます」

するとお五兵衛は畳に両手をついて頭を下げた。

「心強いお言葉です」

「それでは、今宵はごゆるりとお寛ぎください。風呂は一階の中庭に面してございます」

江戸の旅籠の夕食は、日のあるうちにとってしまう。夕刻前はもっとも忙しい時刻だ。お甲は台所の仕事をするために、一階へと下りていった。

お甲の足音が遠ざかるのを確かめると、五兵衛は膝を崩して大胡座をかいた。謹厳実直な百姓の顔つきをかなぐり捨てて、不敵な悪党ヅラに戻る。腰の莨入れから煙管を取り出し、唇を歪めながら咥えた。羅宇に詰まったヤニをプッと吹いた。

「ついに最後まで、三代目甲太夫はツラを見せなかったな」

座敷には、百姓に扮した騙り者が同室していた。頬のこけたギョロ目の男と、丸顔の男の二人だ。揃って訝しげな顔つきで首を傾げていた。

「卍屋め、何を企んでいやがるのか、さっぱり読めねぇ」

ギョロ目の男が言った。

五兵衛は煙管に莨を詰めると、莨盆の炭火で火をつけて、プカッと吹かした。

「どっちにしろ、明日の白州には出てくるのに違ぇねえ。そこで思いっきり恥を掻かせるって寸法だ」

丸顔の男が頷いた。

「卍屋の野郎どもがどんなツラで泣きべそをかくか、今から楽しみですぜ」

「おう。だけどよ、その後の仕返しも恐ろしいぜ。卍屋の野郎どもに捕まらねえようにしなくちゃいけねえ。勘定奉行所の門を出たら、すぐに走って逃げるぜ」

「合点だ」

明日の手配りを小声で打ち合わせる。台所から上がってきた下女のお里が襖を開けると、すぐに純朴そうな百姓三人の顔つきに戻った。

「お酒ですよぅ。ちょっと早いけれど、明日の祝い酒ですよぅ」

「ああ、それは有り難いねえ」

五兵衛は仲間の二人に目を向けた。二人も蕩けるような笑顔で頷いた。


いかさま師は五兵衛たちとは別の座敷に泊まっていた。座敷には権十が雇った騙り者どもが寝ころがっている。旅の疲れで酔いが回り、揃って高鼾《たかいびき》をかいていた。

いかさま師はそっと卍屋を抜け出すと、夜の表道を走った。

すると、一町も走らぬうちに物陰から、妖《あや》しい風体の男どもが五人ほど飛び出してきた。いかさま師を取り囲む。どうやらこの男たちは、こっそりと卍屋を見張っていたようであった。

男の中の一人、顔に大きな刀傷のある四十ばかりの男が、その傷痕《きずあと》を引きつらせながら、いかさま師を睨んだ。

「やいっ手前ェ、よくもおめおめと江戸に舞い戻って来れたもんだな！　ここで会ったが百年目だ。白狐《びゃっこ》ノ元締ン所に連れて行く。さんざん不義理を重ねやがって、どんな目に遭わされるか、これからとっくりと思い知るがいいぜ！」

いかさま師を逃がすまいというのか、男たちが一斉に身構えた。懐は匕首の形に突っ張っている。白狐ノ元締という首魁の許に行くのが嫌だと答えたら、即座に斬りかかって来るのに違いない。

しかし、いかさま師はいつもと同じ、蕩けるような薄笑いを浮かべた。

「あい。わかりました。実は元締に不義理の詫び言を申し上げに参ったのでございますよ。……それにしても、さすがは向こう傷ノ伝兵衛《でんべえ》兄ィだ。あたしが江戸に入ってすぐに、それと気づいて、ここまで追ってこられたのですねえ」

向こう傷ノ伝兵衛と呼ばれた男は、傷のある顔を苦々しげに歪めさせた。

「世辞なんかいらねえぞ。手前ェのそのふざけたツラは、見忘れようたって見忘れるもんじゃねえ。やいっ、俺たち一家を甘く見るな！　お江戸に入る六街道を榜示杭《ぼうじくい》みてぇに見張ってる俺たちだ。俺たちに気づかれずにお江戸を出入りできるなんて思うなよ！」

「まぁまぁ」と、いかさま師は伝兵衛の怒りを押しとどめた。

「あまりに大きな声を出すと、町の衆に気づかれます。あたしは不義理を詫びに来たのですから、逃げも隠れもいたしませんよ」

「手前ェのしくじりで穴を開けた千五百両、耳を揃えて返しに来たって言うのかい。そんなら話は別だ。この俺が喜んで、元締に口利きしてやらあ」

どうやらいかさま師は、千五百両という大金を清算しなければならない立場であるらしい。

「さぁ、その千五百両、早速にも見せてもらおうじゃねえか」

いかさま師は、ますます軽薄そうな笑顔を見せた。

「その金ですがね、まだ、用意してはおりません」

「なんだと？」

「これから作るのでございますよ」

そう言うといかさま師は突然、闇夜を貫くような甲高い声を上げて笑った。さすがの伝兵衛が呆気にとられた。

「な、何を抜かしていやがるんだ、手前ェ」

「ですから、金儲けの算段をするために江戸に舞い戻ってきて、あえて皆様の前にこの顔をさらし、こうして公事宿を抜けてきて、皆様とお話をしている、というわけなのでございます」

「野郎ッ」

向こう傷ノ伝兵衛が怒気を発した。

「手前ェの口車に乗せられる伝兵衛サマだと思うな！　手前ェのやり口は知り尽くしているんだ！」

「まあまあ。あたしだって命は惜しい。千五百両を確かに稼ぎ出す自信があるから、白狐ノ元締のお叱りをも恐れずに、江戸に戻ってきたのです。まずはあたしの話を聞いてやっておくんなさい。あたしを簀《す》巻《ま》きにするなんてことは、いつだってできますから。まずはあたしを働かせてみて、金儲けが首尾よく進むかどうかを見定めてからでも遅くはないのじゃございませんかね」

　伝兵衛は周囲の男どもに目を向けた。互いの目を見てそれぞれの思いを確かめる。

「どうする?」などと相談しあい、「ここまで言うならやらせてみたらどうだ」という結論に達して、最後にいかさま師に強面を向けてきた。

「ようし、そんなら話だけは聞いてやらぁ。いったいどんないかさまを企んでいやがるのか、とっとと話して聞かせやがれ」

　いかさま師は「その前に」と断って、逆に問い返してきた。

「あたしが泊まっている公事宿、屋号を卍屋さんというのですがね……」

「それがどうした」

「皆さんの中で、卍屋甲太夫さんの、三代目さんのお姿、それを確かに見た、という御方は、果たしていらっしゃいますかね?」

「なんだと?」

「江戸の市中の、裏の裏まで知り尽くしている皆様方です。その皆様方の中に、甲太夫の三代目さんを見知っておられる方が、たとえお一人でも、いらっしゃるのでしょうかねえ?」

四

翌日の早朝、お甲は、五兵衛たち贋《にせ》の百姓衆を引き連れて、勘定奉行所の門をくぐった。

勘定奉行所には、門を入ってすぐの所に、訴えを受け付ける窓口があり、公事方の役人が訴えの書状を受理してくれる。その順番を待つために、腰掛けがいくつも並べられていた。時には何十人もの領民が公事宿の者に付き添われ、腰掛けで順番を待っていたという。徳川幕府の裁判制度は、領民たちがその公平さを期待できるほどには誠実に、運営されていたのである。

「よかった、一番乗りですよ」

お甲はそう言って、五兵衛たちに笑顔を向けた。一番乗りは心証も良い。それだけ必死に、訴えを聞き届けてもらいたいと思っている——ということだからだ。

お甲は五兵衛たちを腰掛けに座らせた。

時刻は過ぎ、日がずいぶんと高く昇り、他の百姓や町人たちがそれぞれの公事師に付き添われて集まってきた頃、門をくぐって飛車屋の主、六左衛門が姿を現わした。

六左衛門はお甲に目を留めて、歩み寄ってきた。

「これはこれはお甲さん。否、今は三代目甲太夫さんの御名代でしたな。ご壮健そうでなにより」

異常なまでの上機嫌で笑っている。お甲は訝しさと不気味さで顔を引きつらせながら会釈を返した。六左衛門は、弛んだ頬の肉を震わせながらますます身を寄せてきた。

「今度の公事では、飛車屋が檜熊村の百姓衆を助けることになっておりましてな。ま、いつものように卍屋さんとは、敵同士《かたき》というわけです」

公事では様々な書類を証拠として提出しなければならない。書類にはそれぞれの規定がある。定型の様式を諳じている者が介添えをしないと、反論の証を提出することすら難しいのだ。公事宿の公事師たちは、このようにして公事に深く関わり、金を稼いでいた。

「敵同士だなどと、そのように思ったことは一度もございませぬ」

お甲も公事師の一人である。誠実を装った笑顔で答えた。

六左衛門の背後には檜熊村の百姓たちが控えていた。こちらは憤懣やる方ない、という顔つきでお甲を睨んでいた。

さらには次郎吉の姿も見えた。お甲に気づいて表情を変え、頬を紅色に染めた。だが、面と向って挨拶をする度胸はないらしく、飛車屋の下代の背後に隠れて、コソコソと視線を向けてくるばかりであった。まるで恋する乙女のような可憐《かれん》さ——否、この場合は意気地のなさである。

お甲は次郎吉が自分に好意を抱いていることに、ずっと以前から気づいていた。しかし、お甲は男勝りの気性だ。次郎吉のような意気地ナシは嫌いである。

(次郎吉ちゃんには悪いけれど……)

次郎吉を卍屋の婿に迎えることはできない。

だからこそ三代目甲太夫などという幻まで、作り上げたのだ。

四ツ(午前十時頃)を告げる太鼓が打ち鳴らされた。勘定奉行の出仕と、白州の開場を報せる合図である。公事師たちが促して、腰掛けに座っていた百姓たちを立たせた。

　訴状はすでに勘定奉行所の役人たちに手渡し、回覧してもらっている。

「卍屋と下中村の者ども、通りませィ」

　奉行所の中から役人が出てきて、居丈高な声を張り上げた。そしてお甲と五兵衛たちを奥に通した。

　お甲は——、この緊張感が大好きであった。よくぞ公事宿の子として生まれてきたものだ、と、神仏に感謝したくなるのだ。

　お甲はチラリと、六左衛門と次郎吉に目を向けた。負けるわけにはいかないし、負けるわけがない——と思った。


　白州には莚が何枚も敷かれていた。

　五兵衛たちと檜熊村の百姓衆は、左右に分かれて莚の上に正座した。それぞれがどこに座るのか、公事に不慣れな者たちは理解していない。入場の時から、公事宿の者が先導してやらねばならない。

　五兵衛たちを座らせた後で、お甲も腰を下ろした。五兵衛たちの横の莚が公事師の定位置だ。

白州の反対側に座った六左衛門が、ニヤリといやらしい笑みを向けてきた。お甲はそれに気づいたけれども、あえて無視をした。

(あたしを動揺させようとしての、嫌がらせに違いない)

こちらには、五兵衛たちの言い分の正当性を示す証拠がいくらもある。淡々と証拠を示して行けば勝てるのだ。つまらぬ牽制《けんせい》に引っ掛かる必要はどこにもなかった。

しかし、お甲の心は先ほどから、少しばかり揺らいでいた。

(相原喜十郎様は、どこにいらっしゃるのかしら……?)

相原の姿が見えないのだ。公事のために必要な書類を用意すると約束してくれていたのだが、その書類もまだ、届けられてはいなかった。

それだけが不安要素だが、

(今の証拠だけでも十分——)

相原は急な公務でも仰せつかって、江戸を離れたのかも知れない。有能な相原は御用繁多なのである。

やがて、正面の建物の奥から、役人の声がかかった。

「お奉行の御出座！」

一同が一斉に平伏する。襖が開いて公事方の勘定奉行が現われた。壇上に悠然と座る。それを見定めてから、勘定奉行所の公事方与力《よりき》が声を放った。

「さればこれより御勘定奉行様お立ち会いの下、吟味を始める。一同の者、面を上げィ」

公事そのものは公事方の与力の宰領で行われる。勘定奉行が口を開くのは、最後に断を下す時のみであった。

顔を上げろと言われても、真っ直ぐに顔を上げて奉行や役人と目を合わせたりはできない。伏し目にして白州の砂を見ていなければならない。

この公事方与力は、斑木《まだらぎ》という名で、四十を過ぎた年格好、公事方与力としては古株だ。お甲は何度も斑木が宰領する公事に関わってきた。

斑木は堂々と声を放った。

「下中村の者どもよりの訴えによれば、昨年秋の出水により、流れの変わった川筋についていささかの論争アリとのこと。しかと、相違ないか」

しかし五兵衛の返事はなかった。お甲はチラリと五兵衛を見やった。

五兵衛は役人の威に打たれてしまった様子だ。緊張しきって言葉も出ないのであろう。そのように察したお甲は、

「相違ございませぬ」と代りに答えた。

公事に不慣れな百姓たちに代って、円滑に議事を進行させるのが、公事師の務めである。代弁は黙認されている。

公事方与力の斑木の前には、すでにお甲が差し出した証拠の書類が揃えられていた。与力は書類の束に視線を落としながら質した。

「差し出された証拠の品々、きっと正真に相違ないか。紛い物や、嘘偽りの証拠などを差し出してはおらぬな？」

お甲は胸を張り、それから低頭をした。

「正真の証拠に相違ございませぬ」

「きっと確かだな」

お甲は正々堂々と確言した。

「卍屋の屋号に賭けまして、確かにございまする」

それから与力は別の事を質してきた。

「卍屋の主人、甲太夫はいずこにおる」

お甲は答えた。

「二代目甲太夫は、いまだ病が癒えず、臥せっておりまする」

与力はジロリと目を剝いた。

「されば、三代目甲太夫はいずこ」

お甲はますます深く低頭した。

「三代目甲太夫は、すでに卍屋を指図してはおりますけれども、いまだ卍屋の後継ではございませぬ。公事宿仲間の承認も得られてはおりませぬので。それゆえお白州は、ご遠慮申し上げております る」

「左様か」

与力は一つ咳払いをして、居住まいを改めた。いよいよ公事が始まる。

「下中村の乙名、五兵衛よりの訴状によれば、二ヶ村で取り交わす川筋の取り分について、いささか不公正があるようにも思える」

檜熊村の百姓たちに目を向けた。

「この与力の目には、檜熊村の申し様は、いささか理不尽とも映るぞ。これにつき、なんぞ申し分があるか。檜熊村の者、忌憚《きたん》なく申せ」

　与力に睨みつけられた檜熊村の百姓たちは、恐れ戦《おのの》いて平伏した。役人に言葉をかけられたら反射的に土下座してしまう。そういう態度が身についているのが百姓だから仕方がない。

　しかしそれでは公事にならない。代りに六左衛門が答えた。

「それが……でございます、お役人様。手前ども飛車屋の公事師にもまったく腑に落ちぬ話なのではございますが、卍屋さんの申し状、いささか理不尽にございまする」

　持って回った口ぶりに、お甲は不審なものを感じた。

　与力の斑木は僅かに怒りを覗かせた。

「何を申したいのだ！　わかるように申せ！」

　六左衛門は恐縮したフリをして、顔をちょっとだけ伏せた。そして目だけを上に向けた。

「わかるように、との仰せではございまするが、……正直、手前どもにもとんと、合点の行かぬ話なのでございますよ」

お甲にも流し目を向けて、底意地が悪そうに笑った。

お甲の胸が騒いだ。この自信ありげな態度、そして質の悪い微笑み。悪巧みが成就した悪党そのものの姿ではないか。

（いったい何を企んでいるの？）

急いで記憶を手繰り、かつ思案を巡らせるが、自分たちが手違いを犯した覚えはない。何も思い当たらない。証拠も証言も完璧のはずだ。

与力はいよいよ苛立って、六左衛門にきつく質した。

「飛車屋！　先ほどから何を申しておるのかわからぬ！　端的に申せ！」

六左衛門は恭しく低頭し、そしてやっぱり目だけを上げて与力を見た。舌で唇を湿らせてから、答えた。

「されば申し上げまする。飛車屋にご逗留《とうりゅう》の、檜熊村のお百姓衆、この訴えにはとんと心当たりがないとのことにございまする」

「なんじゃと？」

六左衛門は、平伏したままの百姓に声を掛けて励ました。

「さぁ、鉢右衛門《はちえもん》さん、お役人様に、話を聞いていただくのですよ」

促された百姓は顔を上げた。

「もっ、申し上げまするッ」

与力は顎を引いた。

「聞こう」

「はいっ……、てっ、手前どもの村では、土地争いなど、起きてはおりませぬ！」

「なんだと」

与力が訝しげな顔をする。一方の鉢右衛門は必死の形相で訴え続けた。

「干上がった川筋の取り分につきましては、下中村との約定が、すでにできておりまする！」

お甲は――、いったい何事が起こりつつあるのか、量りかねて俄かに混乱し始めた。嫌な予感が膨れ上がってきて、胸の奥を圧していく。

鉢右衛門は震える指を伸ばして、五兵衛たちを指差した。

「それに……、手前はあのお人たちを知りませぬ……！　下中村とは境を接しておりまするが、まったく見知らぬ顔ばかり！　五兵衛さんという乙名の名も、聞いたことがございませせぬッ」

お甲は、ギョッとして五兵衛たちに目を向けた。その時、

「あっ」

お甲は仰天した。五兵衛たちが一斉に立ち上がり、白州の出口に向かって走り出したのだ。咄嗟のことで何もできない。目を丸くしたまま、走り去る百姓たちを見送るしかなかった。

何が起こったのか咄嗟に理解できず、茫然と立ちすくんでしまったのは、白州に詰めた役人たちも同様であった。

そもそも、出入り物の公事は民事裁判であるから、当事者の百姓が逃走する事態はほとんど起こらない。公事の際には証人たちが頻繁に出入りするので、出入り口の戸は大きく開け放たれてあるのが通例なのだ。

曲者たちが逃げ散って初めて、与力の斑木が我に返った様子で叫んだ。

「にっ、逃がすなッ」

その時、遠くから嘲笑まじりの叫びが聞こえてきた。

「三代目甲太夫を誑《たぶら》かし、一儲け企んでいたところだったが、飛車屋に見抜かれちまったんじゃ仕方がねえ！　あばよッ、間抜けな三代目の手下たち！」

白州を壇上から見守っていた勘定奉行が、滅多にないことに怒気を発した。

「痴《し》れ者め！　逃がすな！」

そして奉行は、この場にいるのも業腹だ、と言わんばかりの形相ですぐさま奥に下がった。

勘定奉行に命じられた役人たちが曲者たちを追って走って行った。白州には、与力の斑木、飛車屋の面々と檜熊村の百姓衆、そしてお甲だけが残された。

「卍屋の者」

斑木が仁王立ちをして、目を怒らせながらお甲を睨んだ。お甲はその場に平伏した。

頭上から与力の怒声が降ってきた。

「この失態をなんといたす」

お甲には、返す言葉もない。

「おって沙汰をいたす。それまで卍屋で謹慎いたしておれ！　卍屋の扱いについては、公事宿仲間と諮《はか》ることにいたす！」

この場合の扱いとは処罰のことを意味している。お甲は、白州の砂に額がつくほど低頭した。

　与力は去り、役人の消えた白州に静けさが戻った。

「それでは皆様、お立ちくださいい。手前の旅籠に戻りましょう。今夜は祝宴にございますよ」

　場違いに晴れがましい、六左衛門の声が響いた。促された檜熊村の百姓衆が立ち上がる。悪党どもが逃げた門を通って白州の場から出ていった。

　茫然と座したままのお甲に、六左衛門が声を掛けてきた。

「大変なことになっちまったねえ。下手をすると卍屋の看板を下ろすことにもなりかねないよ？　でもまあ、気を落とすんじゃない。この飛車屋がいくらでも、手を貸そうじゃないか。いつでも相談においでなさい」

　次郎吉までもがやってきて、こちらは心の底から心配しているように見える顔を向けてきた。

「あたしでよければ力になるよ。お甲ちゃんのためだもの。いつでも頼ってきておくれよね」

　この親子が卍屋を陥れた首魁であることは、ほとんど確実なのだが、証拠がない。

お甲は唇を嚙んだまま、黙って飛車屋親子を見送るしかなかった。

五

五兵衛は、仲間の小悪党たちを引き連れて、一路、千住《せんじゅ》大橋を目指していた。時刻は夕暮れ。空は茜《あかね》色から群青《ぐんじょう》色に変わり、風景は次第に、夜の闇に溶け込もうとしていた。

千住大橋は江戸の境で、そこから北へ伸びているのは日光街道だ。中山道はきっと警戒されていると判断し、深谷宿ではなく下野国方面へ逃れる策を取ったのだった。

「上手くいったな」

百姓に扮していた悪党どもも、ニンマリとほくそ笑んでいる。

「噂に名高《なだけ》ぇ卍屋も、どうってことのない間抜け揃いでしたぜ」

ギョロ目の男が言う。丸顔の男がそれを受けて失笑した。

「三代目甲太夫め、ついにツラを出さなかったじゃねぇか。見ると聞くとは大違いだ。やっぱり江戸者は口先ばっかりで骨がねえぜ」

皆で高らかに笑い声を上げる。旅発《だ》ちに上機嫌の一行にも見える姿で、千住大橋を渡ろうとした。

と、その時であった。先頭を行く五兵衛がふいに、足を止めた。

「どうしやした、五兵衛さん」

丸顔の男に問われた五兵衛は、クイッと顎の先を前方に向けた。

「あの野郎だ」

橋の真ん中を一人の男が歩いてくる。色白で痩身の体軀で、その顔には、軽薄な薄笑いを浮かべていた。

ギョロ目の男が目を怒らせた。

「野郎め、昨夜《ゆんべ》宿を抜け出して、それきり戻って来やがらなかった！　こっちは勘定奉行所で危ない橋を渡っていたっていうのによ！」

丸顔の男も立腹している。

「仕事が終わってから舞い戻ってきて、分け前にだけ、ありつこうって魂胆か！」

悪党たちの中には、早くも懐に片手を突っ込んで、隠し持った匕首の柄を握る者までいた。

いかさま師は、そんな険悪な空気は気にせぬ様子で歩み寄ってきた。

「これは皆さん、お揃いですね。この道を通って逃げるって、昨夜話し合っていたので、ここで待っていたのですよ」

笑顔を絶やさず、ちょっとだけ頭を下げた。

「やいっ」

ギョロ目の男が凄んだ。

「手前ェ、一人で仕事を抜けやがって、いってえ今まで、どこで何をしていやがったんだ！」

いかさま師は悪びれた様子もない。

「それがですねえ。ちょっとばかり不義理を重ねてきた親分さんのところへですね、詫びを入れに行っていたものですからね。挨拶しておかないと簀巻きにされちまうもんですから」

「そんなこと、こっちの知ったことかい！　仕事を抜けた手前ェに用はねえ！　分け前もナシだ！　とっとと失せろ！」

いかさま師は品のない笑みを口許に含みながら、五兵衛と悪党たちを見渡した。

「それがですねぇ、そちらには用がなくとも、こちらには用があるんですよ」

五兵衛が険悪げに眉根を寄せた。

「なにを抜かしていやがる。とっとと退け。道を空けろ」

「道を譲ったら、どこへお行きなされます？」

「知れたこと。江戸から遠くへ逃げ出すのよ」

いかさま師はニッコリと笑った。

「そうは行きませんよ」

「なんだと？」

「皆様には、御勘定奉行所のお白州に戻っていただきます。そうしていただかないと、卍屋が困ったことになるのでね」

五兵衛が激昂《げっこう》した。

「さっきからいってぇ、何を抜かしていやがるんだ！」

千住大橋の橋板を踏み鳴らしながら、ギョロ目の男が踏み出してきた。

「五兵衛兄ィ、構わねぇ、行き掛けの駄賃だ！　この野郎を始末して、骸を川に叩き込んでやりやしょうぜ！」

他の悪党たちも陰険に目を光らせながら迫ってくる。いかさま師は、二、三歩、後ろに飛び退いた。

「あたしの細腕では、皆さんには太刀打ちできませんのでね、すいませんが、ここから先は助太刀に代っていただきますよ」

橋の上を漆黒の影が走ってきた。腰の刀を閂差《かんぬきざ》しにして、疾走したまま抜刀した。

「あっ、あいつは……、行人ノ親分のところの用心棒！」

丸顔の男が動揺する。

榊原主水は突進の勢いそのままに、五兵衛たちの一団に突っ込んできた。刀の峰を返すと、峰打ちで悪党どもに打ちかかった。

「ギャッ！」

人を騙すのが生業の騙り者たちでは、浪人剣客の斬撃《ざんげき》は受けきれない。刀で匕首を打ち払われ、さらに体当たりを食らって、丸顔の男が橋の欄干から弾き飛ばされた。

「うわあああっ」

橋の真下の隅田川に、水音を立てて転落する。

いかさま師は、欄干から身を乗り出して、下の川面を見おろした。

「一人、落ちましたよ。拾い上げておくんなさい」

真っ暗な川面から「おう」と胴間声が響いてきた。橋の下で川舟が待機している。舟の上には向こう傷ノ伝兵衛と、その手下どもの姿があった。舟を巧みに操って、川中で溺れる丸顔の男を拾い上げた。

橋の上では榊原と五兵衛たちとの乱戦が繰り広げられている。しかしやはり、榊原の剣術に立ち向かえる者はいなかった。

今度はギョロ目の男が、橋の下に投げ出された。

「トオッ！　ドリャアッ！」

榊原が気合の声を張り上げるたびに、悪党どもが身体を打たれて倒れる。榊原は次々と、悪党どもを橋の下に投げ落としていった。

「クソッ、敵わねえッ」

五兵衛は身を翻して、江戸の方角に向かって逃げようとした。

「逃がさぬ！」

榊原が追う。太い腕を伸ばして五兵衛の襟首を掴むと、力任せに欄干の外に放り投げた。

「ひえええええッ」

情けない悲鳴の後で、ドボーンと、激しい水音がした。いかさま師は橋の下に向って叫んだ。

「もう一人、落ちましたよ。それが最後です。お頼み申します」

欄干から身を起こして、榊原に目を向けた。榊原はなにやら憤然とした顔つきで、刀を鞘に納めた。

「これでよいのか。……権十を裏切ってしまい、気分が悪いぞ」

いかさま師はニカッと白い歯を見せて笑った。

「これでよろしいのですよ。権十なんかに身を寄せていたら、いずれはお縄を掛けられてしまいます。さぁて、喧嘩に気づいた橋番が、番太郎を引き連れて駆けつけてくる頃合いでしょう。あたしたちも逃げるとしましょうかね」

言葉通りに橋の両側から、番人たちが駆けつけてきた。いかさま師は欄干をヒラリと飛び越えて、隅田川に身を投げた。

「致し方なし」

榊原主水も意を決すると、眼下の川に飛び込んだ。すぐに伝兵衛の川舟が寄ってきて、二人を掬いあげた。

五兵衛たち悪党は縄で縛りつけられ、芋虫のように船底に転がされている。伝兵衛が棹をさして舟を川下へ向かわせた。

橋の上から龕灯《がんどう》で照らされ「曲者め、待て」などと怒鳴りつけられたが、知ったことではない。伝兵衛は舟を進めた。

川面の静寂《しじま》に吸いこまれるようにして、一行を乗せた舟は闇の中に消えた。

六

翌日のことである。勘定奉行所の白州に、江戸の主立った公事師たち——公事宿仲間の十数名と飛車屋六左衛門、そして卍屋のお甲が集められた。一同が白州の茣蓙《ござ》に膝を揃えて座ったところで、昨日と同じ公事方与力の斑木が現われた。

「一同の者、大儀である」

与力は一段高い板敷きに座ると、白州に集まった公事師たちに向けて言い放った。

公事師たちは一斉に、莫蓙の上で平伏した。

本日の集まりは公事ではない。卍屋の失態を裁くという、行政上の手続きだ。勘定奉行は臨席しない。与力の斑木が一存で議事を進める形となった。

「さて、一同の者。此度《こたび》の卍屋の失態について吟味を始める。卍屋が犯したしくじりについては、公事宿仲間の者どもも承知しておろうな？」

公事宿仲間の長老たちが一斉に低頭した。月番肝入りの淀屋市右衛門が代表して、答えた。

「公事に託《かこ》つけて詐欺を働こうとするなど、前代未聞の話にございまする。御勘定奉行所のお白州にまで乗り込んで、さらにはお奉行様のお目まで汚すとは……」

与力は苦々しい顔つきで頷いた。

「まさに！　お奉行のご体面に泥を塗りつける所業！　決して許してはおけぬ」

淀屋はチラリとお甲に目を向けてから言った。

「それもこれも、騙り者を見破ることができなかった卍屋の責めにございまする。否、卍屋に対する指導が行き届かなかった我々公事宿仲間の責めでもございます。

御勘定奉行所のお白州を汚しましたこと、幾重にもお詫び申し上げまする」

「詫びて済むことではない！」

与力に怒鳴りつけられ、淀屋と公事宿の長老たちが一斉に低頭した。与力は鋭い眼光で一同を睨みつけた。

「この責めは、叱りだけでは済まされぬ。誰かに罪を負ってもらわねばならぬことになるぞ」

叱りとは刑罰の一種で、訓戒などに相当する。しかし今度の一件は訓戒などではとうてい済まされない。武士ならば切腹も間違いなし、という場面だ。切腹に相当する町人の処分は闕所《けっしょ》（家財没収）のうえに江戸から所払い（追放）であった。

「かくなるうえは、卍屋を闕所といたし、甲太夫を所払いとするほかあるまいの」

蛇が蛙《かえる》を睨むような嗜虐《しぎゃく》的な眼差しで、与力はお甲を睨んだ。

お甲の胸は悲痛によって塞がれた。

（これで終わりか）

先祖代々続いた卍屋が、自分の代で闕所となってしまうのか。

（あたしが、悪党どもの企みを見抜けなかったばっかりに……）

甘かった、と自分でも思う。百姓衆の力になりたいという一心だけで突き進み、百姓の言葉を疑うことをしなかった。公事師としては、初歩の初歩の、しくじりであった。

（いいえ、しくじりの原因はそれだけじゃない……）

功を焦っていたのだ。甲太夫三代目の名を上げることばかりを気に懸けていた。一日も早く三代目甲太夫という虚像を、江戸の公事宿の大立者に仕立て上げようとしていたのだ。公事宿仲間や飛車屋の掣肘を退けようと、そのことばかりを考えていた。脇目を封じられた馬のように逸《はや》っていた。そこを敵につけこまれてしまったのだ。

（もっと時間をかけて吟味していれば、五兵衛が贋者の乙名だと見抜けたはずだ）

悔やんでも悔やみきれない。お甲は臍《ほぞ》を嚙んだ。

「もはや、卍屋は闕所とする他になかろう」

与力の斑木は、お甲ではなく公事宿仲間に向かって問うた。

その時、さも恭しげに、顔には媚びた笑みを浮かべつつ、飛車屋六左衛門が口を挟《こ》んできた。

「お待ちくださいませ」

与力がジロリと目を向ける。

「なんじゃ？　そのほう、わしの詮議に異議があると申すか」

六左衛門はわざとらしく、恐縮の態を見せた。

「異議などとは恐れ多い。なれど、この飛車屋にも、一言発言をお許しいただければ、幸いにございます」

「許す。申せ」

「かたじけのうございまする。それでは申し上げますする。卍屋は江戸の公事宿では格別に重い屋号にございまする。江戸に公事宿ができた初めから、公事のお手伝いを営んで参った旅籠にございますれば……」

「しかし、しくじりはしくじりぞ。老舗であれば尚のこと、その責めは大きい」

「はい。なれど、このたびの一件は、三代目甲太夫を私称する痴れ者が犯したしくじりでございます。公事宿仲間は、三代目甲太夫なる者を、卍屋の後継ぎとも、主人とも、認めてはおりませぬ」

「フム」と与力は頷いた。

「三代目を勝手に名乗る者が犯せし罪であるゆえ、見逃せ、と申すか」

「その三代目甲太夫をご詮議くださいまして、遠島でも仰せつけくださいますれば、万事、好都合かと思われまする」

お甲には飛車屋六左衛門の思惑がはっきりと理解できた。この一件は飛車屋が後ろで糸を引き、三代目甲太夫を取り除いて、次郎吉を卍屋に押し込むための陰謀だったのだ。

(なんと卑劣な！)

歯ぎしりするが、しかし、飛車屋の悪事を暴く証拠はどこにもない。日数さえあれば証拠ぐらい、必ず見つけ出してくれるのだが、この白州では何一つとして証拠を示すことができない。

(このままおめおめと飛車屋に屈し、あの次郎吉ちゃんが、卍屋の主となるのを認めなければならないのか)

頭が真っ白になった。周囲の者たちの会話すらよく聞き取れない。六左衛門は口角泡を飛ばして卍屋の闕所回避を訴えている。公事宿仲間の長老たちも、「飛車屋さんが後見となって卍屋を支えてくれるのならば……」などと言い合っていた。お甲の存在など頭から無視して、次郎吉を卍屋の婿とすることが決定されつつあったのだ。

　与力がお甲に質してきた。

「三代目甲太夫なる者はいずこにおる。これほどの失態を犯しながら、この白州に顔を出さぬとは無礼であろう！」

「はっ……」

　なんと言われようとも、三代目甲太夫なる者は存在しない。否、お甲こそが三代目甲太夫なのだ。実体の存在しない幻にお甲の智慧が合体して、三代目甲太夫なる虚像を作り上げてきた。

　その事実を白状すれば、お上をたばかる不届き者め——ということになる。公事宿仲間に対しても嘘をついてきたことが露顕する。

　お甲は進退窮《きわ》まった。

「三代目甲太夫を、すぐにもこの白州に連れて参れ！」

　与力には、罪を被せる対象が必要なのだ。それは与力だけではなく、公事宿仲間の長老たちも同じ思いであったろう。それどころかお甲までもが（本当に三代目甲太夫がいて、この罪を被ってくれたらどれほどに楽か）などと、気弱な思いを過らせてもいた。

「三代目甲太夫はいずこにおるのだ！」

与力が目を怒らせて凄んだ。お甲は堪えかねて、口を開いた。苦しい思いが深い溜息とともに溢《あふ》れ出てきて、お甲の唇を震わせた。

「さ、三代目甲太夫は……、三代目甲太夫という者は、実を申しますと――」

そう言いかけた、その時であった。

「皆々様には、とんだお待たせをいたしました。昨日の悪党どもを、残らず捕らえて参りましたよ」

素っ頓狂に明るい声を張り上げて、一人の男が白州に踏み込んできた。

一同が驚いて目を向ける。白州の入り口に立っているのは、縞の合羽を肩に羽織り、腰には道中差し、三度笠を片腕に抱えた華奢な体軀の男。

満面に蕩けるような――というか、人を小馬鹿にしたような、というか、なんとも気障りな薄笑いを浮かべた姿があったのだ。

さらに驚くべきことには、その背後には、五兵衛と名乗った騙り者と、下中村の百姓に扮した悪党どもが、数珠《じゅず》つなぎになって引かれていた。縄尻を握って引いているのは榊原主水と、向こう傷ノ伝兵衛であった。

「おらっ、キリキリと歩きやがれ！」

伝兵衛に小突かれ、蹴飛ばされながら、五兵衛たちが白州の真ん中に引きずりだされてきた。

呆気にとられて言葉も出ない一同に向かって、気障りな笑顔の白面郎が言い放った。

「差し出がましい振る舞いとは存じましたが、お役人様方に代りまして、小悪党どもをお縄に掛けて参りました」

次郎吉が「あっ」と叫んで指差した。

「お前は、権十親分が雇った悪党じゃないか！」

男はニッコリと微笑み返した。

「おや、手前を見覚えでございましたか。それならば話が早い」

与力に向き直る。

「この一件はすべて、飛車屋親子が企んだものにございまする。目赤不動尊の御門前に縄張りを構える俠客の首魁、鬼蔵と、深谷宿を牛耳る俠客、行人ノ権十を動かしての悪行」

「な、何を言うんだい！」

大慌てで立ち上がったのは六左衛門だ。

「いったい、なんの証拠があって！」

動揺を隠しきれず、目を剝いて唾を飛ばす。

「それに、お前さんはいったい何者なんだい！」

それは、この場のすべての者が知りたいことであったろう。

男は、堂々と胸を張って、やや斜めに立ち直し、その笑顔以上に気障りな見得を切った。

「申し遅れました。手前が、皆様お尋ねの、卍屋甲太夫三代目にございまする！」

「ええっ」

皆が驚きの声を上げた中で、一際驚いてしまったのはお甲だ。頭の中で（えっ？なんで？　どうして？）と疑問符ばかりが渦巻いた。

この男の顔には見覚えがある。下中村の百姓を名乗って集まってきた小悪党の中にいた男だ。江戸に向かう途中の宿場で列を離れて、怪しげな振る舞いをしていたことも憶えていた。

(どうしてこの男が、三代目甲太夫を名乗るの？)

考えてもまったくわからない。考えた分だけわからなくなる。

言葉も失くしたお甲を尻目に、周りの男たちが泡を食って立ち騒ぎ始めた。

「お前が三代目甲太夫だと！」

取り乱して絶叫したのが六左衛門。

「あんたがお甲ちゃんのお婿さんなのかい！」

口惜しさに目を潤ませたのが次郎吉。

謎の男と縄付きの悪党たちを見て、

「これはいったいどういう仕儀なのか、説明してもらおうじゃないですか！」

と叫んだのが淀屋市右衛門だ。

謎の男は淀屋に頷き返した。余裕がたっぷりとありすぎて人の感情を逆撫でする笑顔であった。

「手前を罠に嵌めようというこのたびの企み……、御勘定奉行様はもとより、公事宿仲間の皆々様までをも誑かそうという不埒《ふらち》な悪行。この三代目甲太夫、その全貌をきっと明らかにしてくれよう、悪事の証拠を摑んでくれようと思い立ち、いったんは悪党どもに紛れて、行人ノ権十一派に潜り込んだのでございます」

縄付きで白州に座らされた五兵衛が舌打ちした。

「くっそう、そうとは知らずに、とんだドジを踏んじまったぁ」

謎の男は悠然と微笑んで頷き、それから次郎吉にも目を向けた。

「深谷宿には、若旦那、あなた様のお姿もありましたね」

「まことかッ」

与力の斑木が次郎吉に目を向ける。次郎吉は顔面を蒼白《そうはく》にさせ、身震いしながら後ずさりした。

「あたしは……、し、知りませんよ」

謎の男はニンマリと笑った。

「だけど若旦那は、あたしの顔を見知っていたではございませんか。卍屋を陥れるために雇われた――という触れ込みで、悪党に加わったあたしの顔をね」

次郎吉はその場にストンと腰を落とした。腰が抜けてしまったのだ。

「次郎吉ッ」

六左衛門が迂闊な我が子を叱り飛ばしたが、もう間に合わない。

与力は思わぬ事態に顔を怒らせつつ、謎の男に質した。

「この一件に関わっていたのは、目赤不動前ノ鬼蔵と、行人ノ権十、しかと相違ないのだな」

謎の男が答えるより先に、白州の入り口のほうから返事がした。

「それに相違ございませぬ、斑木殿」

杖をつきながら、満身創痍《そうい》の相原喜十郎が入ってきたのだ。

「相原様ッ！」

無残な姿を見てお甲が悲鳴をあげた。急いで立ち上がると、今にも倒れ伏しそうな相原に身を寄せて、両腕で抱きかかえるようにして支えた。

「だ、大事ない……」

相原は血の気の引いた顔つきながら、気丈な笑顔をお甲に向ける。それから与力の斑木に視線を据えた。

「悪党どもは、拙者の命まで奪おうといたしました。拙者を崖に落とした曲者めが、鬼蔵と権十の名を出したのでございまする」

それを受けて謎の男が、与力に向かって言上する。

「いずれにしてもですね、この悪党たちを締め上げれば、事は明るみに出ましょうから」

足元の五兵衛を爪先でツンツンと蹴った。

「う、うむ！」

与力は勘定奉行所の小者たちを呼んだ。

「これらの悪党どもを小伝馬《こでんま》町の牢屋敷に連れて行け！　早速本日から、厳しく詮議をしてくれよう！」

駆けつけてきた小者たちが、榊原主水と向こう傷ノ伝兵衛から縄尻を受け取った。

榊原と伝兵衛のことは、三代目甲太夫の手下だと思っている様子であった。

与力は六左衛門と次郎吉にも目を向けた。

「この者たちにも縄を掛けよ！」

六左衛門は「あああ……」などと声を漏らしながら、その場にへたり込んだ。次郎吉は完全に放心している。縄を掛けられても一切抵抗をしなかった。

与力は謎の男に顔を向けた。

「三代目甲太夫！」

「ははっ」

謎の男は白州に両膝を揃えて座り、平伏した。

与力は居丈高に言い放った。

「此度の働き、まことに見事であった！　そなたの働きにより、公事宿にはびこる悪党、飛車屋親子の罪状を明らかにすることができた」

「有り難きお言葉を頂戴いたしました」

「今後も抜かりなく、働くように申し渡す」

与力はそう言うと、急いで奥へと戻っていった。目赤不動前の鬼蔵一味と、深谷宿の権十一味を捕縛しなければならない。一時にやらねばならぬことが山積みだ。

足どりは実に慌ただしく、傷を負った相原にすら、目を向けようとはしなかった。

公事宿の者たちが白州に残された。淀屋市右衛門が、感嘆しきった表情を謎の男に向けた。

「あんたが、三代目甲太夫さんかい」

男はサッと低頭した。

「このような形でのご挨拶となり、まことに恐れ入った次第にございます」

「いやいや。まったくたいしたものだ。近頃珍しく、胸のすく思いがしましたよ」

淀屋が柄にもない笑顔を浮かべた。他の長老たちも、満足そうに微笑んで謎の男を取り囲んだ。

「あんたのような切れ者が現われてくれて、江戸の公事宿もしばらくは安泰だ」

「あんたは卍屋の跡取りに相応しい男だよ」

などと手放しの褒めようであった。

一人、お甲だけが茫然と、謎の男を見つめている。

「あなた……、いったい、誰なの……？」

突然に出現した三代目甲太夫。それが架空の存在だと知っているのはお甲を含めて僅かな者たちだけだ。名と噂だけが存在していた三代目甲太夫という幻に、すっぽりと実体が収まってしまった。そして公事宿仲間たちが皆、声を揃えてその、どこのだれとも知らない男を称賛している。謎の男もまた、すでに公事宿の主に納まったような顔つきで、鷹揚《おうよう》に挨拶を返しているのだ。

「こ、こんなことって！　こんなことって！」

お甲はひたすらに混乱した。

その隣では相原喜十郎が失神して、グッタリと伸びきっている。

七

数日後、出歩くことができるほどには回復した相原喜十郎が、卍屋に顔を覗かせた。

「これは相原の旦那、お加減もずいぶんとよろしいようで、なによりでがす」

帳場格子の中にいた菊蔵が急いで膝行《しっこう》してきて、低頭した。

「さぁ、どうぞ、お上がりになってくだせぇやし」

菊蔵がチラリと意味ありげな視線を寄こした。菊蔵も、今回の一件をどう始末したらよいものか量りかねている。

相原は勝手知ったる足どりで、お甲の座敷に向った。

お甲は畳に両手をついて、相原を迎え入れた。

「ようこそお渡りくださいました」

「うむ」

相原は腰を下ろそうとして、少し、顔を歪めた。手足を曲げ伸ばしすると、いまだに痛みが走るのだ。

お甲は案じ顔で相原を見つめた。その視線に気づいた相原は、作り笑いを浮かべた。

「なぁに、大事ない。もはや心配するには及ばぬと、医師も申しておったゆえ」

お甲はホッと安堵の様子を見せた。

「それはよろしゅうございました」

それから膝を畳に滑らせて、相原に身を寄せた。

「お甲は、あなた様のお屋敷には参れませぬから……。ただただ、案じるばかりの毎日にございました」

「そう言われれば、面差しが少しばかり窶れたようだな」

相原はお甲の目を見て微笑む。

「どこぞに、療養のための仕舞屋《しもたや》でも借りればよかったかな」

そうすれば二人きりの水入らずで、看護し、看護されることができたはずだ。

しかしそれは叶わぬ夢。詮ない軽口であった。相原家の当主である喜十郎には自分の屋敷がある。幕府から与えられた屋敷があるのに、もう一軒、別の屋敷を借りることはできない。結局二人は、身分の壁で引き裂かれたままなのだ。

「……案ずると申せば、そなたのことだ」

相原が話題を変えた。

「あの男は、どうなった」

「はい……」

「卍屋甲太夫三代目を名乗った、あの男だ」

お甲は居住まいを改めて座り直した。

「あの男は、あれきり姿を消しましてございまする」

「姿を消した？」

相原はよほどに驚いたのか、視線を僅かに泳がせた。

「しかし、公事宿仲間は、あの男を卍屋の後継にすると勘定奉行所に届けを出して参ったのだぞ？」

「はい。ですから、今、この卍屋は、どこの誰とも知れぬ男を主に据え、しかもその男は行方知れずという、困ったことになっておるのでございます」

「なんと……」

「しかし、考えてみればそれも好都合かも知れませぬ」

お甲が明るい顔つきを向けてきた。

「あの男が三代目甲太夫を名乗っている限りにおいては、このお甲は婿を迎えずとも済みますもの。公事宿仲間にあれこれと嘴を挟まれる心配もなくなったのでございます」

それはつまり相原との恋仲が今後も続くことを意味している。たとえそれが、いずれは破れる恋であったとしてもだ。

お甲は相原の胸に顔をうずめた。相原はお甲の肩を抱き寄せた――のであるが、

「このようなこと、おざなりにしておいてよいものか……」

と呟いた。

否、よいわけがない。謎の男に実質、公事宿を乗っ取られた形なのである。

(放ってはおけぬぞ)

公事宿を監督する役人の一人としても、そして愛するお甲のためにも、この異常事態を正さずにはおかれない。

「あれ、風花が……」

庭に通じる障子の隙間から、粉雪がチラチラと舞い込んできた。

「おお寒い。御酒《ごしゅ》にいたしましょうか」

お甲は障子を閉めると、台所へ向かった。


雪が風に吹かれて舞っている。いかさま師は両国橋で大川を渡ると、川向こうの深川に足を向けた。

雪で一面無彩色になった景色の中に、一軒の寮が建っていた。いかさま師は寮の庭の柴垣を踏み越えると、縁側から屋内に入った。

障子戸を開ける。畳が敷かれた瀟洒《しょうしゃ》な座敷に、老人が一人で寝かされていた。

病で寝ついて、かなりの月日が経つのであろう。ずいぶんと窶れて、皺だらけになり、萎《しぼ》んでしまった顔つきだ。白髪もほつれて、髷や鬢が崩れていた。

いかさま師は、黙って座敷に踏み込むと、後ろ手に障子を閉ざした。

途端に、老人が目を開けて、いかさま師を睨んだ。それは寝たきりの老人とは思えぬほどに鋭い眼光であった。

いかさま師はニヤリと笑った。

「さすがは甲太夫の親爺さんだ。寝ついていても、まったく油断はございませんねぇ」

老人――卍屋甲太夫二代目は、いかさま師の顔をしばらく見つめた後で、僅かに唇を開いた。

「お前ぇか……」

聞き取りづらい声ではあったが、確かに、そう呟いた。いかさま師は笑顔で頷いた。

「へい。手前でございますよ」

二代目甲太夫は、いかさま師の心中を量りかねたような顔つきで、何度も瞼を瞬かせた。

「……いってぇ何をしに、江戸に戻って来やがった」

「へい」

いかさま師は、スッと笑顔を引っ込めた。

「お約束通りに、お甲ちゃんを守るために、戻ってきたのでございます」

「何が約束だ」

そう言いかけて、甲太夫は激しく咳《せ》きこんだ。

「おっといけねえ。手前なんかとくッ喋《ちゃべ》っていたら、お身体に障る」

いかさま師は立ち上がると、音もなく障子を開けて外に出た。

「案じることはございません。お甲ちゃんは、きっとあたしが守《も》り立ててご覧に入れましょうから」

静かに障子が閉ざされた。甲太夫は腕を伸ばそうとして、また、激しく咳きこんだ。

台所から、雇われ者の下女が駆けつけてきた。

「あれ、そんなに咳きこんで。無理に身体を動かしちゃなんねぇって、お医者に言われているだろうによ」

下女は甲太夫の腕を布団の中に戻した。それから太った首を傾げた。

「今、話し声が聞こえたような気がしただが、……気のせいだったかね？」

甲太夫は答えない。苦々しい顔つきで、瞼を閉じた。
雪はしんしんと降り積もる。庭からは、なんの物音も聞こえてはこなかった。

この作品は書き下ろしです。

公事師《くじし》　卍屋甲太夫三代目《まんじやこうだゆうさんだいめ》

幡大介《ばんだいすけ》

平成24年12月10日　初版発行

発行人――石原正康
編集人――永島賞二
発行所――株式会社幻冬舎
〒151-0051東京都渋谷区千駄ヶ谷4-9-7
電話　03(5411)6222(営業)
　　　03(5411)6211(編集)
　　　振替00120-8-767643
印刷・製本―錦明印刷株式会社
装丁者――高橋雅之

幻冬舎時代小説文庫

ISBN978-4-344-41958-2　C0193　　は-21-1

幻冬舎ホームページアドレス　http://www.gentosha.co.jp/
この本に関するご意見・ご感想をメールでお寄せいただく場合は、
comment@gentosha.co.jpまで。